四十路のおっさん、神様からチート能力《スキル》を9個もらう 2

Yosoji no ossan, Kamisama kara
cheat skill wo 9ko morau

霧 KIRITO 兎

CONTENTS
目次

第1章　セドル村で足止め？　007
第2章　海の見える街オーゴ　187

CHARACTER
主な登場人物
ノート
異世界で9個のチートスキルを
手にした四十路のおっさん。
魔物グルメを極めるため、
冒険の旅に出る。
マーク
ファスティの街を
守っていた衛兵隊長。
ノートの旅に同行している。

ライ
ノートの従魔その4。
エレキバード。
賢くてかっこいい。
マナ
ノートの従魔その2。
あらゆる属性の魔法を
扱える大精霊。
クレア
冒険者パーティ
「クレイモア」に所属する少女。
ノートに食事の面倒を
見てもらっている。
アクア
ノートの従魔その3。
スライム。
生まれて間もない。
ヴォルフ
ノートの従魔その1。
聖獣フェンリル。
強くて大きくて、肉が好き。

第1章

セドル村で足止め？

Yosoji no ossan, Kamisama kara cheat skill wo 9ko morau

1　狩りとレベルアップ

残念な女神セレスティナのミスにより、異世界に転生することになった四十路《よそじ》のおっさん、霧島《きりしま》憲人《のりと》。改め、ノート・ミストランド。

ちょっとだけ若返らせてもらった彼は、女神から次の九つのスキルを与えられた。


【異世界言語（全）】【アイテムボックス（容量無制限&時間停止）】

【鑑定（極）】【生産（極）】【錬金（極）】【全属性魔法（極・詠唱破棄）】

【調理（極）】【成長率五倍】【タブレット】


地味なスキルもあれば、規格外のスキルもある。

ノートはこれらのスキルを上手く使いこなし、異世界のグルメを楽しみたいというのどかな目標のため、行くあてのないぶらり旅を続けるのだった。

◇

ふと気がつくと、俺、ノートは冒険者ギルドのギルドマスターから何度も声をかけられていた。

やべっ！　意識から外してたわ。

「すみません。従魔達を落ち着かせている間に、ギルマスの存在を忘れてました」

俺は正直に謝る。

さっきまでちょっとしたトラブルがあって、変な奴に絡まれていたんだよな。

それでフェンリルのヴォルフ、大精霊のマナ、スライムのアクア、エレキバードのライが殺気を放ってしまい、長らくなだめていたわけなんだが。

ギルマスはため息交じりに言う。

「はぁ、存在を忘れるって……」

「それで？　何か聞きたいことでも？」

ぶっきらぼうに尋ねると、ギルマスは思い出したように口にする。

「そうだった。あなたの依頼主は、行商人のザックさんで間違いないですか？」

「ああ、間違いないが」

すると、ギルマスは声をひそめた。

「……あの人が持っている、アイテムカバンが狙われているそうですよ？」

急に妙なことを言ってきた。

俺は首を傾げつつ尋ねる。

「なるほど。どうやってその情報を？」

「狙っているのが、商業ギルドですから」

商業ギルドか。とはいえ、何でザックがアイテムカバンを持っているのが知られているんだろうな。しかし狙うって何だ？

「何をしてでも奪うといった感じですか？」

「いえ。どこで手に入れたのかを知りたいようで」

ギルマスはそう言うと、訝《いぶか》しむように俺のほうをチラチラと見てきた。入手経路を疑っている感じか。

なら、しらばっくれてみるかな。

「商売人なのだから、持っててもおかしくないのでは？」

「彼、前回この村を通ったときは持ってなかったらしいんですよね。商業ギルドで購入した形跡もないようでして」

「そ、そうですか……」

ジト目になりつつ、さらに聞きたそうにしてくるギルマス。アイテムカバンの出所が気になるんだろうな。

俺は、彼が口を開く前に言う。

「そろそろ依頼を受けて、ポーションを作ったりしないと」

「そうですか、いろいろ聞きたいのだけどね」

「ふぅ、時間を無駄に取られるのは嫌いなんだがな」

「まあ良いですよ。帰ってきたらまた聞かせてもらえるかな？」

「従魔達に、負担をかけない程度の時間なら」

俺はそう言うとその場を離れ、受付に行って、薬草採取や大きな牛の魔物であるブルーブルの討《とう》伐《ばつ》など、いくつか依頼を受けた。

◇

村を出て、昨日来た山裾《やますそ》辺りの森で薬草を採取する。

マナがかなりの量を見つけてくれたり、アクアが興味を持った稀少植物が霊薬《れいやく》の材料だったりで、ポーションなら千本くらい作れそうなほど素材が集まった。

ついでにキノコ類が充実したし、木の実や果物等も集まったので、昼食にすることにしようかな。

メニューは、お手軽簡単オーク肉の生姜《しょうが》焼《や》きにしよう。

ヴォルフには地上から周辺の警戒を頼み、ライには空からの見回りをお願いする。そうしてもらっている間に、俺は生姜焼きをささっと作っていく。この前下拵《したごしら》えしてあったので、全員分があっという間にできた。

さっそくみんなで食べ始める。

オーク肉はブランド豚並みに美味《うま》いから食が進む。すぐに食べ終わってしまい、少し食休みを挟んだ。


その後、ブルーブルの目撃情報があった草原へ向かい、ライに空から探してもらう。

数分ほど待つと帰ってきて、ライが念話《ねんわ》で伝えてくる。

『あっちのほうの、ご主人の歩く速さで三十分くらいの所に小さい群れがあったよ。あと向こうのほうの一時間くらいの所には大きめの群れがあった！』

「お疲れさん。じゃあ、小さい群れのほうに先に行こうか」

すると、ヴォルフが文句を言ってくる。

『主《あるじ》よ、何でだ？　大きい群れに行けば良いではないか』

「いや、まずは俺だけでやろうと思ってるんだよ。俺もレベルアップしときたいんでな。大きい群れはそのあとだ」

『そうか。ブルーブルはなかなか美味いから、必ず狩ってほしいのだ』

「俺も肉が欲しいから確保するつもりだ。依頼で提出する数以上の肉は、俺達で欲しい分を取り分けるさ」

『それなら構わん。ならば早く行こうではないか！』

「ライ、案内してくれるか？」

『こっちだよ、ご主人』


案内された先には、六頭のブルーブルがいた。

とりあえず風魔法で倒そうと思い、発動準備をする。

俺は無詠唱で魔法を使えるから、魔法名を声に出して言わなくて済むし助かるな。

まあ、今の見かけなら魔法名を叫んでもそれなりに格好がつくかもしれないが、元は中年のおっさんだからな。

そんなことを思いつつブルーブルに近寄ると、さっそく気づかれた。正面から近寄れば当たり前なんだが……

だが、そのまま迎え撃つ。

そして、ブルーブルが範囲に入りしだい、魔法を発動。

風の刃《やいば》で、ブルーブル全部の首を落とした。

大きな群れに逃げられるのは嫌なので、血抜きはあと回しにして、スキルの【アイテムボッククス】にブルーブル六頭をそのまま入れ、もう一つの群れに向かう。

近くまで来ると、群れのだいたいの頭数がわかった。

二十七から八頭のようだ。

やる気になっている従魔達に、首から上を狙うように頼んで、戦闘を始める。

ヴォルフは首に噛みついて倒している。ライは雷魔法で頭を狙っていた。アクアにはマナがついており、魔法をどこに当てるか指示しているようだな。

俺は、小太刀《こだち》の性能を確かめるため接戦を行ったが、首に当てても一撃で倒せず、何回も斬りつけることになった。

まあ、慣れる頃には戦闘は終わっていたけど……

レベルアップし、俺のステータスは次のようになった。

名　前：ノート・ミストランド
種　族：人族
年　齢：42
職　業：冒険者兼旅人、職人
レベル：19
ＨＰ：630

ＭＰ：2850
体力：321
力：279
魔力：2850
敏《びん》捷《しょう》：311
器用：263
知力：292
スキル：【異世界言語（全）】【アイテムボックス（容量無制限&時間停止）】
【鑑定（極）】【生産（極）】【錬金（極）】【全属性魔法（極・詠唱破棄）】
【調理（極）】【成長率五倍】【タブレット】【交渉】【算術】【読み書き】
【小太刀術3】【身体強化2】【体術2】
魔法：火、水、風、土、氷、雷、光、聖、闇、無、治癒、精霊、従魔術、時空間、
付与

前までレベルは12だったから、19まで一気に上がったな。

新しいスキルを得たみたいだ。【身体強化】に【体術】か。

ちなみに、スキルのレベルは1から10に加えて「極」まであって、全部で十一段階あるようだな。

ついでに装備品も確認しておこう。

装備品：

・小太刀　攻撃力＋40、軽量化、鉄硬度強化、切れ味＋、風属性、売値50万ダル
・疾風《しっぷう》のダガー　攻撃力＋30、鉄硬度強化、切れ味＋、敏捷＋小、売値35万ダル
・ガントの革鎧　防御力＋18、売値2万ダル
・防護の前掛け　防御力＋30・受け流し・風壁付与、売値25万ダル
・護身服　防御力＋35・土属性付与、売値30万ダル
・風の靴《くつ》　防御力＋20、移動力＋、売値20万ダル
・アイテムカバン中　10メートル×10メートル、時間停止付き
・アイテムカバン小　3メートル×3メートル、時間停止付き
・ウエストバッグ　時間停止付き

装備も充実してきたな。アクアとライのステータスも楽しみだ！
さて、まずはアクアのほうから見てみよう。

名前：アクア
種族：プチスライム（レア）
年齢：半月
職業：ノート・ミストランドの従魔
レベル：12
ＨＰ：58
ＭＰ：111
体力：58
力：53
魔力：111
敏捷：76
器用：87
知力：89
スキル：【水魔法5】【治癒魔法3】【酸弾】
付記：種族進化可（経験値不足）

続いて、ライはどうかな。

名前：ライ
種族：エレキバード（レア）
年齢：12
職業：ノート・ミストランドの従魔
レベル：16
HP：177
MP：375
体力：170
力：140
魔力：375
敏捷：330
器用：132
知力：144
スキル：【風魔法8】【雷魔法8】【遠見《とおみ》】【隠蔽《いんぺい》】【看破《かんぱ》】
【疾風（スキル進化可・経験値不足）】

付記：　種族進化可（経験値不足）

随分上がったな！　俺のような成長チートはないはずなんだが。まあ、俺よりたくさん倒させてたしな。

とりあえずブルーブルを大量に確保したし、村に戻ろうか。

しかし、アイテムカバンの件、俺のだと打ち明けてしまおうか。村の滞在日数もあと二、三日だろうし、面倒事にはならないだろう。

どちらにせよ、ブルーブルを出すために、俺のアイテムカバンを見せないといけないし。まあ、実際はスキルの【アイテムボックス】から取り出し、アイテムカバンは使っているように見せるだけなんだが。

そうと決まったら村に戻るか。

◇

村に着くとマークが待っていた。

マークはファスティの街の衛兵隊長だったんだが、面倒見がいい奴で、俺の旅についてきてもらってるんだよな。

俺はマークに尋ねる。

「どうしたんだ？」

「ザックからの伝言だ。『三日後の正午を目安に、村を出るので準備をお願いします』とのことだ」

「わかった。準備は進めておく、レベリングも今日はできたしな。ただ、今少し面倒を見てる奴らがいて……」

この村に来て間もない頃、Eランク冒険者パーティ『クレイモア』のクレアって女の子が瀕死《ひんし》になっていたから助けたんだ。それでちょっとした縁ができてしまって、料理を作っては食べさせてるんだよな。

マークが首を横に振りつつ告げる。

「ああ、話は聞いてるし、それに関してはザックさんの耳にも入ってるから大丈夫だろう。それはそうと、こっちも問題が出てな。少し予定通りに出られないかもしれん」

「渡してあるアイテムカバンのことだろ？　冒険者ギルドのギルマスから聞いてる。俺のだと言って何とかするつもりだ」

「わかった。そうするとザックさんにも伝えておく。別途問題が出たらまた来るが……そっちもしっかり面倒を見てやれよ？」

「言われなくてもだ！　せっかく助けたんだ。あとで金を返しに来るかはわからんが、命を粗末《そまつ》にすることだけは許さないと村を出る直前まで言ってやるさ！」

「じゃあ、村を出る前日に」

「ああ、頼んだ。ザックの件もすまないな」

「お前の破天荒《はてんこう》な行動を見るよりはかなり安全だし、楽なものだ！」

マークはそう言って笑いながら去っていった。


俺は従魔達を連れて、そのままギルドに向かう。

依頼完了を告げると、受付嬢が疑わしそうな視線を向けてくる。

「ブルーブルの討伐？　証明部位を持ってきてますか？」

「どこに出せばいいんだ？」

「持ってきているならここで構いませんよ？」

顔つきを変えずに疑ってくるので、俺は念を押す。

「本当に良いんだな？」

「早く出してください！　あるならですが！」

まくし立ててきた。

少しイラッとしたので、アイテムカバンから出す振りをして、スキルの【アイテムボックス】から、受付嬢の目の前に出してやった！

ずぅん。

メキッ。

「これでいいか？」

「ぎゃーっっ!!」

「早く依頼完了の処理をしてくれ！　討伐部位もあるだろう！」

「ひっ！　助けてっ！」

受付嬢の叫び声を聞いて後ろから職員がやって来る。

おそらくベテラン職員だろう。

「どうなさいました!?　何でこんな所にブルーブルを出しているんですか!?」

「そっちの受付嬢に疑われ、討伐した証拠を出せと言われたから出したまでだが？　俺は確認はしたぞ？　本当に良いんだなと」

「だからといって、こんな所でブルーブル丸ごと一頭出さなくても」

「俺に言われても困るな？　出せと言ったのはそちらだろう？」

それからベテラン職員は受付嬢に事実関係を確認すると、頭を抱えた。

そして俺に向かって頭を下げる。

「申し訳ありません。こちらの言い方に問題があったようです」

「何で私の責任なんですか！」

ベテラン職員は声をあげた受付嬢に顔を向け、ため息交じりに告げる。

「今回のような大型魔物を処理する場合は、先に解体してもらうために解体所まで行き、そこで討伐部位を確認するという手順だと何回も教えたはずです」

「ですが、このような軽装の方に言われても」

「冒険者ならアイテムカバンを持っている可能性も教えてあったでしょう？　なのにあなたは端《はな》から疑っていたわけです。しかも冒険者ギルド証も確認せずにね」

「アイテムカバン？　ギルド証？」

「それも覚えてないのですか⁉　ギルド証を確認しましたか？　その人のある程度の特徴が書いてある冊子があるでしょう！」

「見覚えのない人ですから新人かと……」

「新人にブルーブルを討伐できるはずないでしょう！　もういいです。他の人の相手をしてください。この人の対応は私がします」

「……わかりました」

納得してなさそうに、受付嬢はその場を離れていった。

ベテラン職員が話しかけてくる。

「申し訳ありません。彼女、見た目で判断しがちでして……」

「まあ、いいさ。それよりも早く依頼完了の処理をしてくれ。このあと、おそらくギルマスに呼ばれるだろうからな。従魔達の飯の時間までにはすべて終わらせたいんだ」

「ギルマス？　あっ、あなたが！」

何だかすでにアイテムカバンの話が伝わってるっぽいな。

「それはいいから早く頼む」

「わかりました。いったんこのブルーブルを仕舞ってもらって、あちらの解体所まで移動をお願いします」

解体所に移動してきた。さっそく先ほどのブルーブルを出す。

依頼はブルーブル三頭だったので、俺が小太刀で倒した傷がたくさんついている物を出しておいた。

「はい、確認しました。討伐依頼完了です。それではすみませんが、また先ほどの受付にご移動願います」

「あっ、待ってくれ。他の解体も頼んでいいか？」

俺が問うと、ベテラン職員の代わりに解体所のおっさんが返答する。

「構わないぜ」

俺は遠慮なくブルーブルを出していく。その間にベテラン職員は受付に戻っているとのことだった。

「ず、随分と入るアイテムカバンなんだな……」

「これは大きいほうかもだな。十メートル四方はあるから」

「十メートル！」

びっくりしたようだが、おっさんはいったん言葉を呑み込むと、声をひそめて言ってくる。

「おい、あんちゃん。それの価値は相当だから油断するなよ？　狙う奴は大勢いるぜ？」

「大丈夫だ。敵意のある奴が近づいてきたら、ヴォルフが教えてくれるからな」

俺はそう言ってヴォルフのほうを見る。

おっさんはなおも心配してくる。

「隠蔽持ちとかいるぞ？」

「ヴォルフとこっちのライは看破持ちだから無駄だ。怪しい気配、匂い、スキル、敵意、殺気を察知できるからな！　奇襲は無理だ」

「そこまでの従魔達か。すまんな、いらんことを言っちまった」

「いや、ありがたいよ」

「よし、この話はここまでで……解体だったな！　できるだけ早くやるよ。明後日の朝に一回来てくれ！」

「わかった。その時点で終わってる分だけでいい」

「いいのか？」

「俺はこの村にいる間は自由にしているが、じつは行商人の護衛依頼中で、行く所があるんだ」

「なるほどな！　じゃあそのときまでやれるだけやっておく！」

「頼む。従魔達も楽しみにしてるんでな」

「おう、いっぱい食わしてやんな！」

「じゃあ、明後日に」

そう応えて、俺は受付に戻った。

2　ギルマスとの話が大事《おおごと》に

先ほどのベテラン職員がそのまま対応してくれるようだ。

でも、何やら妙な視線を向けてくるな。

「戻られましたか。おめでとうございます！　今回の討伐をもってCランクに上がります。つきましては、現在お持ちのギルド証を渡していただけますか？」

渡すのは構わないが、何でいきなりランクが上がることになったんだ？

「ランクアップはなぜ？」

「今日の討伐で達成数が貯まったんです。特に採取した薬草の状態の良さと、ポーションの達成数がすごいです」

「わかった。これで良いか？」

ギルド証を差し出すと、ベテラン職員は受付の後ろの机に移動した。ものの数十秒で終わったようで戻ってくる。

「これがCランクのギルド証になります。このランクから指名依頼も対象になります」

指名依頼か、ちょっと勘弁してほしいな。

「指名依頼を断るのは可能か？」

「可能ですが……あまりおすすめしませんね」

ベテラン職員はそう言うが、俺はあくまで主張する。

「俺は自分のペースでやっているので、それを変えたくない。変えたがために、今の生活が壊れるのは避けたいんだ」

「依頼料は格段に上がるんですけどね」

「俺の周りを見てくれ。こいつらとの暮らしを優先したいんだよ。金のためにこいつらと離れることはできんな」

「従魔ならまた別の……」

ベテラン職員がそう口にした瞬間、俺は激怒する。

「別のだと⁉　それを強要するようなギルドなら、俺は去る！　討伐した魔物から採取した素材や製作したポーションは、冒険者ギルドではなく商業ギルドに売ってもいいんだ。ファスティのギルマスに頼まれて、義理を果たしていただけに過ぎないんだからな！」

「ちょっと待ってください！」

そう言って慌てて奥に走っていくベテラン職員。

連れてきたのは、ギルマスだった。

「どうした？　急に怒りだしたと聞いたけど」

そう問うギルマスに、俺は一気にまくし立てる。

「Cランクの指名依頼のために、俺と従魔との暮らしを壊そうとするなら、冒険者ギルドを辞めると言ったまでだ。そこまでされてここにいる価値はないからな！」

「ちょ、ちょっと待って」

ギルマスはそう言って振り返ると、ベテラン職員と話しだした。

ちなみにランクアップするために、パーティから抜けたり従魔を変えたりする冒険者は少なくないらしい。

ギルマスは引き続きベテラン職員と話している。

「冊子に書いてあったでしょ、彼の性格が。囲い込みのようなことはNGだって、ファスティのギルド長名義でね。彼がやらないなら無理強いしても無意味だし、お金に関しても……」

それからギルマスは小声で「大きな声を出さないように」といったん注意してから告げる。

「……彼は武器を製作できるだけでなく、高品質ポーション各種まで作れるから、お金には困らないんだよ」

「なっ！」

ベテラン職員は大きな声を出しかけたが、すぐさま手で口を押さえた。

ギルマスがこちらに顔を向けてくる。

「今日は連続で失礼な対応をしてしまい、申し訳ない」

俺は毅然《きぜん》として言い放つ。

「不愉快だ。俺にとって従魔達は、冒険者ギルドよりも大事なもんだ。このような話は二度と出さないでくれ」

「わかっている。君の冊子には私の名前も添えて、囲い込みと従魔を軽く扱わないようにと記載しておく」

「なら、今回はこれで引く。ああ、あと指名依頼はほぼ受けないとも書いておいてくれ。これが通らないなら、Dランクに戻してもらうか、冒険者ギルドを辞める」

「わかった」

「じゃあ、この話は終わりだ。それでギルマスはどうするんだ？　俺にいろいろ聞きたいと言っていたが」

俺がそう問うと、ギルマスは申し訳なさそうにする。

「そうだな。そうしたいところだが、こんな不手際のあとでは……」

「ギルマスがやったことではないし、その話は終わったはずだ」

「なら頼めるかね？　ここじゃなんだからギルド長室に移動しよう」


ギルド長室に着くなり再度謝罪されたが、思い出したくないのでやめさせた。

ギルマスが口を開く。

「ゴホンッ。じゃあ、あなたが依頼に出かける前の話について単刀直入に聞くけど、ザックさんのアイテムカバンの出所は？」

「あれは俺のだ。あれより大容量の物も持っているし、今持っているのもそうだ。このウエストバッグもアイテムカバンの一つだ」

俺はそう答えて、アイテムカバンとウエストバッグ二つを机に置く。

ギルマスが尋ねてくる。

「ザックさんが持っている物の容量はどれくらいで、これらにはどれくらい入るの？」

「ザックが持っている物は、だいたい三メートル四方だな。これはだいたい十メートル四方で、こっちのウエストバッグは十六箇所に分かれていて、それぞれポーションが五十本ずつ入る。小さいほうはポーションが二十本ずつ入るな」

ギルマスは目を見開く。

「これだけで大きな財産ですよ」

「売る気はないけどな」

「小さいほうでも、家を買えるくらいの値段はします」

「そうなのか。だがな、今はソロで動いているが、仲間ができたら持たすつもりなんだ。ザックには貸しているだけだよ。馬車の中に俺達が乗るスペースがなかったから、アイテムカバンに積荷を入れてもらったんだ」

「そ、そうだったのか」

「俺は能力が低いから、小さいアイテムカバンしか作れんし、売るわけにはいかないからな」

思わず口を滑らせてしまい、アイテムカバンを作れることを言ってしまった。するとギルマスが身を乗りだして聞いてくる。

「作れるの!?」

「……い、いや、ポーションを十本入れられる程度の物だ。それも、一日に三個作るともう動けん」

嘘だがな。今の手持ちより大きいのを作っても大丈夫だろう。

「作ったその三個は売らないのかい？」

「いや、試作で一個作ったときの感触で言っただけで、実際三個作ったわけではなくてだな……」

「その一個を見せてほしい！」

ギルマスの熱量に押され、その場しのぎの嘘が限界だ。

「え。今はなくて、俺の護衛に、万が一を考えて渡してあって……」

「何とかならないか⁉」

「ふぅ……この小さなウエストバッグみたいな物だからな。持ってきてやってもいいが、売らないぞ？　俺がよっぽど金に困らない限り……」

「それでもいいから、頼めないか！」

ギルマスが熱心すぎて、俺はつい言ってしまう。

「じゃ、じゃあ待っててくれ。取ってくるから」

「わかった！　頼んだよ！」

いったんギルドから出る。

はあ、ああ言ったからには持っていかないとな。

カバン屋を探して、それっぽいのを持っていくかな。マークに一つ預けたことにもしてしまったから、あいつにも持たせないと。

◇

行商人が店を開いている区画にやって来た。

ウエストバッグを探す。良い大きさの物がなかなか見つからずうろうろしていると、ザックから声がかかる。

「ノートさん。こんな所で何か用事ですか？」

「ああ、ウエストバッグを探しに来たんだ」

「ウエストバッグ？　お持ちでしたよね？」

「持っているが、ちょっと訳ありで探しているんだ」

「そうでしたか。どのような感じの物ですか？　物によっては紹介できるかもしれません」

そう言ってくれるのならと、俺は小さいほうのウエストバッグを取り出して告げる。

「これと同じか、もう少し小さいのを探しているんだ」

ザックは腕を組んで考え込む。

「それと同じくらいのウエストバッグ。あ、それならこの道を……」

ザックは店の場所を説明し、さらに羊皮紙の切れ端に簡単な地図を書いて渡してくれた。

「ありがとう。行ってみるよ」

「良いのがあればいいんですが」

地図を見ながら歩くこと十五分。目的のカバンを置いているという店に着いた。

中に入ると、多種多様なカバンがある。目的のカバンもすぐに見つけたが、それ以外にも欲しくなる物があった。

店のあちこちを見ていたからだろうか、店員が声をかけてきた。

「どのような物をお探しでしょうか？」

「あ、すまない。いろいろなカバンがあったので、ついあれこれと見てしまって……」

俺がちょっと気まずそうに言うと、店員は柔らかな笑みを浮かべる。

「大丈夫ですよ。ちなみに、どういった物をお探しでしょうか？」

「メインで探しているのは、このウエストバッグに近い物で、同等の大きさか、もう少し小さめの物。あとは良い物があれば、一つ二つ買い足そうかと思ってるんだ」

「そうですか。それでしたら、ウエストバッグはこちらの物などいかがですか？」

店員はそう言って、いくつかのウエストバッグを持ってくる。

店員が直々にすすめるだけあって、なかなか使い勝手が良さそうで、なおかつデザインが良い。

そのうちの二つほど気に入ったんだが……迷うな。

そう考えていたら、店員が絶妙の間で尋ねてくる。

「どうでしょう？」

「この二つが気に入ったんだが、どうするかな」

「用途がわかればアドバイスできるかと」

「俺は冒険者の端くれでな。ポーションを入れようかと思ってるんだ」

「それでしたら、こちらが良いと思います」

店員が、どちらかといえば小ぶりなほうのウエストバッグを持ち上げて示す。

「なぜ、こっちなんだ?」

「一見そちらのほうが丈夫そうに見えますし、確かにそうなんですが、総合してみたら、こちらのほうが用途に合ってると思うんですよ。緩衝材が中に貼り付けてあるので、ポーションも割れにくいと思います」

「なるほどな。納得できる話だ。ではこちらにはポーションを入れて、もう一つは別の用途で使おう。二つとももらおうかな」

俺がそう言うと、店員は驚いたような顔をする。

「よろしいのですか?」

「ああ。両方ともデザインが気に入ったんでな。買えるときに買っておきたいんだ」

「ありがとうございます。両方で金貨八枚、8万ダルでいかがでしょう?」

「わかった、これで頼む」

俺は懐《ふところ》から大金貨一枚を取り出す。これだけで10万ダルの価値がある。

「お買い上げありがとうございます!」

店員は綺麗な礼をすると、おつりを取りに行った。

戻ってくると、その手には小さな巾着《きんちゃく》を持っている。

「こちらがおつりの2万ダルになります。ご確認ください」

「それは良いが、これは？」

俺が巾着を指して問うと、店員はにこやかに答える。

「当店では、おつりを巾着に入れてお渡しするのです。材料はカバンを作ったときに出た切れ端なので損はしていないんですよ。それどころかなかなかご好評をいただいておりまして、このサービスを始めてから、リピーターの方が増えております」

なるほど。確かにまた来ようと思えるサービスだな！

「わかった、ありがとう。またこの村に寄ることがあれば、この店に寄らせてもらう」

俺はそう告げて店を出た。


さてと、セドル村で拠点にしているテントまで戻ってきたけど、さっさとウエストバッグを元にしてアイテムカバンを作るかな。ついでにこの巾着も改造しよう。

というわけで、さっそく作業を始める。

ウエストバッグには、四つに小分けされたスペースがある。それぞれに、ポーションを各四本ずつ入れられるように空間魔法を付与していく。

ＨＰポーション、ＭＰポーション、毒消しポーションを各スペースに入れるとして、残りは一つ。

ここは薬草入れにでもしとくか。

よし、完成！

巾着にも空間魔法を付与して、硬貨数百枚は入るようにした。まだ何も入れてないけど、まあ俺用じゃないし……

って、俺はパーティとしてはぼっちだったか。

生活の基盤が整ったら、仲間集めも検討したいところだ。でも、今それを考えるのは無意味だな。

とにかく今は、やるべきことをやらないと。

ウエストバッグの製作も終わったし、冒険者ギルドに戻るとするか。

厄介事の匂いがするんだけどな。ポーションのときもそうだったが……

まあ愚痴《ぐち》ってても仕方ない。覚悟を決めて行こう。

◇

ギルドに戻ろうと思ったけど、話をすり合わせてもらわないといけないから、マークを探すことにする。

さっき行商人の集まるエリアにいたザックの所に行けば、見つけやすいかな？

先ほど通った道を戻り、ザックかマークを探す。

そこでふと閃《ひらめ》いて、ヴォルフに念話で声をかける。

『ヴォルフ、ザックかマークの匂いを判別できるか？』

『ああ。だが、微《かす》かに匂いがしている程度だな。他の匂いに紛《まぎ》れてしまって、二人のいる方向くらいしかわからぬ』

『方向だけでもわかればだいぶ助かる』

『そうか。あちらのほうから匂いがするぞ』

ヴォルフはそう言って、顔で方向を指し示してくれた。

『わかった。じゃあそっちを中心に探そう。また変化があったら教えてくれ』

『あいわかった』


そうして方向を決めて歩きだしてみたんだが、ヴォルフがわからないと言った意味がわかってきた。

こっちは食べ物売りが多い。そりゃ匂いも混ざるよな～と思いつつ歩いていると、ヴォルフから念話が来た。ザックのいる場所がわかったようだ。

指示に従ってしばらく歩くと、ザックを見つけた！

さすがヴォルフだ。ヴォルフのほうを見ると、少し誇らしげに歩いている。

「ザック！」

「ノートさん。どうでした？　好みの物はありましたか？」

「ああ、あった。二つほど購入した」

「それは良かったです。そうでなかったら、面目がなくなるところでしたよ」

笑いながら言ってくるザックに、俺も笑って言う。

「大げさだな。なかなか俺好みの物を多く置いてあったぞ！」

すると、ザックは本当に嬉しそうに笑った。

まるで自分のことにように喜ぶザックに違和感を覚え、俺は尋ねる。

「随分と嬉しそうだな。さては、仲の良い知り合いの店だったか？」

「ええ。それどころか、私が商売人としての師と仰《あお》いでいる人です」

なるほど。確かに、あの店員はさりげない気遣いができていたし、押しつけがましさがなかった。

俺も機会があればまた購入したいと思ったし。

「確かに良い店員だったな」

「そうでしょう！　あの素晴らしい接客。私も目指してはいますが、なかなか真似できないですよ！」

「良い目標だと思うぞ。俺にも真似できないしな」

「いや、ノートさんは冒険者じゃないですか」

ザックが不思議そうな顔をするので、俺は打ち明ける。

「言ってなかったか？　俺も一応商業ギルドに登録してるんだ」

「ええ！　そうなんですか？」

「ああ。ファスティで金策するのに両方登録したからな。結局、一年間の税だけ払って使ってないけど」

「それはもったいないですね。でも売り物がないと厳しいですよね」

いや、売り物はあるんだよな。

「ファスティの冒険者ギルドのギルマスに頼まれてるから、商業ギルドのほうには卸《おろ》してないが、ポーションは自作だから売ろうと思えば売れるんだよ」

「ええ！　そうなんですか!?」

大きく目を見開くザック。

「そうだぞ？　今持ってるのは全部自作品だ」

「す、すごいですね。そのように手に職があるのでしたら、冒険者を引退することになっても食べていけますすね」

「そうだな。ところでマークはどこに行っているんだ？」

話題を切り替えて尋ねると、ザックは答える。

「マークさん？　マークさんならつい先ほどまでいましたよ。それで、旅の備品の補充に行ってもらったんですが」

「そうだったのか……どうするかな」

「何か用事がありましたか？」

「いや、ちょっとマークに話したいことがあったんだ」

「戻ってこられたら、ノートさんの所へ行くように伝えましょうか」

呑気そうに言うザックに、俺は伝える。

「そうしたいのはやまやまだが……そういえばザック、お前、今の自分の立場をわかっているか？」

「どういう意味ですか？」

「お前は今、狙われているんだぞ？」

「なぜですか⁉」

ザックは飛び上がりそうなほど驚いている。

そりゃそうだよな。

「俺が渡してる、そのアイテムカバンのせいでだ」

「そうでしたか。でも、ノートさんから借りているだけと伝えるようにしているので、大丈夫だと思うんですが」

「そうか。でも万一盗られたら事だし、俺は冒険者ギルドに話してくるよ。その前に、従魔達に飯を食わせてくるかな。あとにしたらまた遅くなりそうだし」

いろいろ考えた結果、俺は従魔達に夕飯を食べさせ、ザックには宿屋に戻ってもらうことにした。

ザックとマークは、俺とは違って宿に滞在してるんだよな。

ついでに、同じ宿で静養しているクレアの夕飯も作って持っていくか。

よし、その流れで動こう。


従魔達を連れてテントに戻り、夕食を作る。

明後日にならないとブルーブル肉はないからなー、何を作ろうかな。

うーん、そうだ！　今日はキノコが手に入ったし、キノコとオーク肉のガーリックバター炒めにしよう！

男の料理だから細かく計量しないが、そこそこの美味さになればいい。というか、スキル補正で美味くできる気がするし！

さっそく材料を出そう。

［メイン材料］
・オーク肉のバラ部分（薄切り）
・キノコ類
・ニンニク
・ネブカ

［調味料］
・料理酒
・醤油《しょうゆ》
・砂糖
・鶏ガラスープ
・塩
・バター

よし、作るか！

まずはキノコの石づきを取って、ほぐせるところはほぐして、大きいのは三センチくらいに切り分けて、ネブカというネギみたいな食材を小口切りに、ニンニクはみじん切りにして置いておく。

オーク肉を三センチメートル幅くらいで切って、その後フライパンを中火くらいまで熱したら、バターでニンニクとオーク肉を炒める。時間としては、肉の色が変わるくらいまでかな。

そうなったらキノコを入れて、キノコがしんなりしてきたら調味料を入れる。中火くらいで炒め、味が馴染んできたら、ネブカを散らして完成！

あとは、付け合せのスープだ。野菜たっぷりにして、コンソメで味を調《ととの》えて作ろう。ヴォルフはあまり飲まないが。

これで俺達のはできたな。従魔達には山盛りに盛って渡して食べてもらって、その間にクレアのを作るか。

クレアには、野菜多めのホーンラビット肉の雑炊《ぞうすい》にしよう。足りなければ、鶏の魔物のコケットの蒸し肉を付けておこう。

よし、クレアの分もできたし、俺も食うかな。

キノコとオーク肉のガーリックバター炒めを口に入れる。

美味《うま》い！　スキル様々だな！

ヴォルフ達も美味そうに食ってるし、アクアに関しては大丈夫なのか？　と思うほどプルプルしてる。全員満足したようだ。

じゃあ、クレアの所に向かおうか。あまり遅くなるのもなんだしな。

宿屋に向かう間に、アクアは撃沈して寝てしまったようだ。形が崩れてぺしゃんこになってる！

俺の肩に乗せて落ちないように気をつけながら歩いていくと、ちょうどザックとマークも帰ってきていた。

俺はマークに、食事でもして少し待ってもらうように頼んでおいた。

◇

宿屋の主人に声をかけて、クレイモアの誰かを呼んでくれるように頼む。

すぐに重戦士のオリゴスが下りてきて、クレアが療養している部屋に案内してくれた。

部屋に入り、ベッドの側に立っているクレアに声をかける。

「クレア、調子はどうだ？」

「あ、ノートさん。少しは立っていられるようになりました」

ポーションや回復魔法を施したとはいえ、回復が早いな。

「それは良かったな。飯は食えているか？」

「はい。恥ずかしながら、いただいた物はすべて食べてます。少し太りそうで怖いです」

別に恥ずかしがることじゃないだろ。

俺はそう思いつつ言う。

「女性だから、そこを気にするのはわからんでもないが、今だけは諦めてくれ。血を作るために体が栄養を求めているからな」

「ええ。完全に治ったら、体形も含めて以前通りになるように体を動かそうと思います」

「そうしてくれ。じゃあ、今晩の飯だ。少し肉の量を増やしているので、無理して食わないようにな。普段ならすすめないが、一度に食べず、小分けにしても良いからな。逆に足りなかったら、蒸し鶏もあるから、ポン酢を適量かけて食うといい」

俺が蒸しコケットとポン酢を渡すと、クレアは首を傾げる。

「ポン酢？」

「気になるか？　先に少しだけ食ってみるか？」

「お願いします！」

蒸したコケット肉を小さく切り分け、ポン酢を垂らしてやる。クレアは一口分だけ取ると、恐る恐る口に入れた。

「！！！！！　何ですか！　これは!?」

それからクレアは、小分けにした分を一気に食べた。

「なかなかさっぱりしてて食いやすいだろう？」

「初めて食べました！」

「気に入ったなら良かったよ。あとは、渡した雑炊を食べてからにしろよ。そっちのほうが体が欲してる栄養が多く摂れるからな。蒸し鶏は足りなかったとき用のおまけだ」

「……はい………あ、こっちも美味しい！」

食べてる様子を見た感じだと、もう少しボリュームのある物でも大丈夫そうだな。

なら、明日は何にしようかと考えていると……後ろから視線を感じる。

クレイモアのメンバーであるオリゴス、リーダーで剣士のフロント、魔法使いで女性のミルキーが羨《うらや》ましそうに見ていた。

「何だ？　お前ら？」

俺が問うと、代表してミルキーが返事をする。

「昨日からクレアちゃんだけ美味しそうな物を食べてるのが……羨ましいです」

フロントとオリゴスも頷《うなず》いている。

はあ、コイツら……怪我人の飯を欲しがるなよ。

まあいいか。食事はすべて量産してあるし、【アイテムボックス】に保管してあるから分けてやろう。

「たくさんはないが、器一杯分ずつなら分けてやるから、そこに並べ！」

俺がそう声をかけると、素晴らしい素早さで並ぶ。

コイツら、この速さで動けて、ここまで連携が取れるなら、冒険者パーティとしても優秀なはずだろ。おかしくないか⁉

まあいい、さっさとよそっていくか。

全員に配膳すると、さっそく食べ始める。

「「美味い！」」

「美味しい！」

そりゃ良かったな。

三人とももっと欲しそうな目で見てくるが、そんな目で見たってそれ以上やらんぞ。

食わせた料理は、病人食に近いんだよな。消化が良く、体に負担が少なくて、栄養を吸収しやすい。だから、健康な人間なら物足りなくて量を食ってしまうんだよな。

もらえないとわかったのか、今後は三人揃ってクレアのを見つめている。

「お前らな、病人の飯を狙うんじゃない!!」

「だって、美味しいんだもの」

子供か！

ミルキーに続いて他の奴もぶつぶつ言ってる。

言っておくが、あくまでも俺がセドル村にいる間だけ、クレアの健康を考えて用意してる食事だぞ？

これ以上欲しがられる前に下に戻るかな。

そういえば、マークを待たせたままだし。

「クレアはしっかりと、だが無理しないように食うこと。健康なお前らは、クレアの食い物を狙わない。下で飯食え。クレアが食いづらそうだろうが！　フロント」

「は、はい！」

「クレアばっかりと言うなら、お前らは食堂で腹いっぱい食え。金なら俺が出してやるから」

「い、いやでも」

「そんな目で近くにいられたら、クレアが気にするだろ。俺がいる間は、お前ら全員面倒を見ると言ったんだ。今日の飯代くらい出してやる！」

若干ヤケクソ気味に言う俺。

「す、すみません」

そう言いながらも、嬉しそうだな！

クレアに再度ゆっくり食べるように言ってから、全員を連れて一階に下りる。

他の奴らは先に席に行かせて、主人に話しかける。

「ご主人、クレイモアの連中を今日は腹いっぱい食わせてやってくれ。支払いは俺がするから」

３万ダル渡すと、主人は驚いたような顔をする。

「おいおい。お前さん、どこのお貴族様だ？　こんな宿屋の食堂で、そこまで金額がかかるわけないだろ」

「今後奴らの飯のときに、パン一個とスープ一杯多めに付けてやってくれ」

「それでも多いぞ？」

「彼らはおそらくだが、二ケ月くらいこの宿にいることになる。メンバーの一人が療養中でな。完全に回復するまで、それくらいはかかると見てるんだ」

「ああ、わかった。なるほどな、どうりで下りてこない子がいるわけだ。お前さんに聞くことじゃないかもしれないが、その子の飯はどうしてるんだ？」

「それは、俺が食べさせていたんだ。だが、俺も明日明後日にはこの村を出るので、あとを頼みたい。その分の食費も別途渡す」

「金をくれるんなら、こっちも商売だしやっても良いが、お前さん、お人好《ひとよ》しだろ？　普通はそこまで面倒見ないぞ？」

「せっかく助けた命を無駄にされたくないだけだ」

「そういうことにしとくさ。ちなみに、今までの食事はどういった物を出していたんだ？」

「基本的に消化が良く、食べやすい物だな。野菜と肉を煮込んだポトフや、鶏で出汁《だし》を取った豆スープとかだな。あとは、こういう穀物を使った食べ物だが、この辺で見かけない物なんで用意できないだろうしな」

俺はそう説明しながら、椀に持った雑炊を手渡した。

米は、この世界でまだ目にしたことがないんだよな。

主人はさっそく口にする。

「ふむ、美味い。確かに見かけない穀物だな」

「なら、こういう物を作れないか？」

そうして俺が主人に伝えた料理は、すいとんだ。

小麦粉はあるから、作れると思ったのだ。

その後すぐに主人はその場を離れると、ささっと作って試食しだした。ツルッとした食感が気に入ったのか、店の食事にも出して良いか聞いてきた。

俺としては構わないが、一応作り方は秘匿するように伝える。こういったレシピ一つで一生食いっぱぐれないこともあるらしいからな。

その後、クレアの飯代を別途払ってからマークを探すと、手を上げて呼んでいるのが見える。

俺は慌てて、マークに駆け寄った。

3　マークと話を合わせる

「すまない、随分待たせたか？」

「気にするな。彼らだろ？　ここにいる間、面倒を見てるってのは」

「ああ、そうだ。まったく奴らは……普通、怪我人の飯を狙うか？」

「さっきからやりとりを見てたが、お前、面倒見の良い兄貴分みたいなことをしてるんだな」

そう言って、マークがからかってくる。

「何でだろうな。奴らを見てるとほっとけないというか……危《あや》ういから見とかないとって思ってしまうんだよな。っと、ちょっと待ってくれ」

俺は空間魔法を施し、周りに声が漏れないようにする。

それに構わずマークは話を続ける。

「いいんじゃないか？　そういう人間らしい部分を見ると少し安心するよ。今まで見てきたお前のイメージは、誰が相手でも突っかかっていくようなところがあったからな……というか、また随分と大げさな魔法を使ったな」

「気にするな。そろそろ慣れただろう？　……まあ正直、余裕がなかったからな。知っての通り、俺はこの世界の人間ではない。だから、右も左もわからないわ、金の心配はあるわ、食い物の問題もあるわで、周りを気遣ってられなかったんだ」

「そうだな。まだお前がここに来て、一ヶ月くらいの話だもんな」

「なかなか濃い日々を過ごしてるから、まだ一ヶ月なのか、もう一ヶ月なのかの判断はしづらいが」

「私としては、まだ一ヶ月だけどな」

「マークにはまだしばらく迷惑をかけることになると思う。っと、それよりも、本題に入っていいか？　このあと、冒険者ギルドにもう一回行かないとダメなんだ」

「そうなのか？　忙《せわ》しないな」

「ああ、それでな。話を合わせてほしいことがあって」

「なあ、嫌な予感しかないんだが？」

「たぶん、その予感は当たってる」

「聞きたくないが、そういうわけにもいかないんだろう？」

「その通り。これを見てくれ」

俺はそう言い、先ほど製作したウエストバッグを見せる。

「これは？」

「さっき大慌てで作ったバッグだ。今までの物より少ない数のポーションしか入らない。十本ほどだな」

「それで？」

「これを俺がマークに貸してるってことにしてほしい。ザックに貸してるのと同様に」

「構わないが、何でまた？」

「話の流れで、この大きさのウエストバッグくらいになら、空間魔法を付与できると言ってしまってな。それをマークが持ってることにしてしまったんだ」

マークが盛大にため息をつく。

「お前な……いや、いい。普段は私が持っていたら良いのだな？」

「ああ、そうしておいてくれ」

「わかった。それで今からお前は、その話をギルドにしに行くというわけか？」

「まあ、そうだな」

「詳しい話はまた聞かせてほしいが、早めに戻ってこいよ」

「そうだな。じゃあ行ってくる」

「気をつけろよ」

そんな挨拶をして、ギルドに向かう。


気が進まないまま、ギルドにやって来た。

中に入ると、ギルマスが待ち構えていた。

暇なのか？

「やっと来たね！　さっそく見せてくれるかな」

そう言って、ギルド長室に連れてこられる。

「じゃあ、さっき言ってたやつ、見せてくれ」

興奮してるのか、この人やたら急《せ》かしてくる。まあ、早くこの用事を済ませて、帰ってゆっくりしようかな。

「これだ」

「ウエストバッグか。それで？　これには何を入れるんだい？」

「中身を全部出してみればいい」

「中身を？　えーと、これはポーションだね？　一、二、三、この大きさで十二本も入るのか。しかも薬草まで入れられるとは！　これは売ってく……」

「売る気はない」

俺が即答すると、ギルマスが苦笑しながら文句を言う。

「せめて最後まで言わせてよ」

「最初から売らないと言ってあったはずだが？」

「そうだけど、ひょっとしたらっていう確率の低い可能性をだね」

「生活の基盤ができるまでは、売らないつもりなんだ」

「じゃあ、ここで依頼を受けて基盤を作ればいいじゃないか？」

「ここでは、薬草採取か肉類確保の狩りくらいしか行わない。ギルマスも知っての通り、俺は護衛依頼の任務中だ」

「そうだったね。自由に動いているから忘れてたよ」

「この村に滞在中は、俺自身のレベルを上げるため、自由にさせてもらっているんだ。だから、もう一人の同行者が依頼人の側に付いている。何かあったとき用に、このウエストバッグを持ってな」

「そういうわけだったね。で、中身のポーションなんだけどさ……」

「高品質HPポーション、高品質MPポーション、高品質毒消しポーションだな」

ギルマス、何かため息してるな。

「だよね。何で、そうポンポンと高品質を出せるかな？」

「自作だからな」

「いや、おかしいからね？　高品質を作れる人間でも一定の割合で失敗するから、高品質ポーションは高いんだよ？」

「そうなのか？」

「私がおかしいみたいな言い方をしてるけど、おかしいのはそっちだからね？」

「気にするな。それよりも言われた通りに見せたし、もう帰って良いか？　さすがに従魔も寝始めたから、ゆっくりさせてやりたい」

アクアが俺の肩でぐったりしている。

「……わかったよ、ここにはまた来るんでしょ？　そのときにポーションを卸してくれると助かるんだけど」

「わかった。作って持ってくる」

そう言ってギルドから出た。

テントまで戻ってきて、従魔達を寝かせる。

さて、ヴォルフにはいつも通り周囲の警戒をしてもらい、俺はポーションを作っておこうかな。

さっそく取りかかると、何回もやってるから慣れてきたかな？　各種百本ほどあっという間に作れた。

それらを【アイテムボックス】に入れて、さてと、明日の飯の下拵えもしておこう。

従魔達は、蛇の魔物であるサーペントの蒲焼《かばや》きにしておくか。俺のは、残ってるスープと卵サンドとコケットの照り焼きサンドにしよう。量産しておけば、旅の途中の飯にちょうど良いし。

あとはクレアの飯だが、今日の感じからするともう少しボリュームがあってもいけそうだったな。

朝飯は、パンを薄切りにしてフレンチトースト……と思ったが、材料が足りないからハニートーストでいいか。あとはコケットの蒸し鶏入りサラダ、味付けはマヨネーズにしておくか。最後にスープ。これで十分だろう。

昼飯は、トウモロコシみたいな食材のココーンのスープと、パンとポテトサラダとオムレツにしようか。

よし、下拵えも終わった。すべて【アイテムボックス】に入れ、俺も寝よう。

おやすみ。

◇

んー、朝か。

周りを見ると、アクアが崩れて平べったくなっている。俺が潰したわけじゃないよな？　生きてるよな？

ライは起きて羽を整えていた。

ヴォルフは起きているのだろうが、伏せて目を閉じたままだな。

マナはいないけど……散歩かな？　朝食を用意してる間に帰ってくるだろう、昨日もそうだったし。

朝食は昨日下拵えしたから、アッサリ完成。

ヴォルフとライは良いんだが、アクアがなかなか目を覚まさないからな。よし、起こしに行くか！

「アクアー、朝ご飯できたぞ！　起きろー」

声をかけると、ご飯だとわかったのか、触手を伸ばしてアチコチ探しているっぽい。何だか和《なご》むが、起こさないとな。

「アクアー、起きろー！」

『ねむいのー』

「朝ご飯食べるぞ！」

『ごはんー』

まだ寝ぼけてるな、そのまま連れていくか。

アクアを連れて戻ってくるとマナが帰ってきており、従魔達が全員で待っていた。

「すまん、待たせたか？　ほら！　アクアもちゃんと起きろ！」

『おきたのー』

……まだ若干怪しいが、さっきよりは目覚めてるかな？

「よし、じゃあ食おうか？」

食事の挨拶をして、みんなで朝食を食べる。

従魔達の食いっぷりは見てて気持ちがいいな！

食後に少しだけ食休みをしてから宿屋に向かう。


ザックとマークが食堂で食事をしていた。

ちょうど良いから予定を聞くと、出発が一日遅れるそうだ。まあそれは良いとして、何か様子が変だな。

「どうしたんだ？」

俺が問うと、ザックが言いづらそうに口を開く。

「この村の商業ギルドのギルド長が、ノートさんに会って話をしたいと言ってるんですが……」

何だそういうことか。

俺はちょっといら立ちながら返答する。

「こっちにはそのつもりはない。ザックには悪いが、この村は俺にはただの経由地でしかないからな」

「何とかお願いできませんか？」

「話の内容はどうせ、アイテムカバンの件だろうし面倒くさい。俺は、レベル上げもしないといけないし、クレイモアの奴らの面倒も見なきゃいけない。あと、ポーション作りもな。なかなか忙しいんだよ」

するとマークが割って入る。

「ノート、ザックさんの顔も立ててやらないか？　私達には経由地でしかなくても、ザックさんは今後もこのルートを使うんだ。お前だって、今後も気兼ねなくこの村を通りたいだろ？」

「そうは言うけど、本気で忙しいんだぞ？」

「少しの時間だ。私も同席するし、もし商業ギルドのギルド長が欲に走るようなら、お前は帰っていい。その際は、私がオクター・フォン・ファスティ様に報告するから」

俺は仕方なしに、条件を出す。

「先方の都合には合わせられない。こちらの手が空いたときに行って、会えないなら終わり。それでいいなら、何とか時間を作ろう」

「それでいい。お前は明日も狩りや採取に出るのか？」

「一日出発が遅れるなら、明日は基本的にポーション製作と旅の間の食事の下拵え、あとは買いだしくらいだと思うが」

「わかった。私もなるべく、宿屋にいるようにしよう。ザックさんも仕入れ以外では外出を控えてほしい」

「わかりました。昼過ぎまでに仕入れをして戻っておきます」

話は終わったな。

宿屋の主人に合図をすると、店員がクレイモアの部屋に声をかけに行った。今日はミルキーが下りてきた。

さっそく部屋まで連れていってもらう。


部屋に入ると、恒例になりつつある言葉をかける。

「クレア、体調はどうだ？　あと昨日の飯は食えたか？」

「あ、ノートさん。体調は良いです。部屋内を歩いたり、ノートさんに教えてもらった体操をしたりしてみました。食事は……恥ずかしながらすべて食べました」

「そうか、それで体に異変はないか？」

「ええ、特にないです。しいて言うなら……」

「何だ？」

「食事量が少し物足りなくなってきました……」

ズッコケそうになった。

まあ、昨日の食事を見てたら食欲はありそうだったし、体が資本の冒険者だから常人よりも食べる量が多いのかもな。

しかし、持ってきた朝飯足りるかな。スクランブルエッグも足すか？

「まあ、食欲があるというのは、体が治ろうとしてるからだろう。良いことではある。しかし、そうか……」

俺が考え込む素振りを見せると、クレイモアのメンバーが心配しだす。

フロントが聞いてくる。

「……クレアに何か悪いことが起きているのですか？」

「ん？　ああ、いや。俺の想定より治りが早いから、食事をどうするか考えていたんだ。変更して大丈夫なら、宿屋の主人に話をしないといけないしな」

「そうでしたか。復帰が早まるかもしれないのですね」

「あくまでも現状では、の話だ。だから安心するのは早計だけどな。とりあえずクレア、飯だ。足りなかったら、これを食え」

そう言って俺は、用意した朝食に加えて、スクランブルエッグを差し出した。さらに予備として、卵サンドを二つ置いておく。

俺はフロントに尋ねる。

「で、お前らは飯を食ったのか？」

「はい。クレアには悪いですが、先に下で食べてきました」

「そうか。だが、お前らも一階に下りるぞ。クレアはゆっくり食うんだぞ。早食いは体に良いとは言えんからな。冒険中とかは仕方ないが、今はダメだ」

「わかりました。ありがとうございます」


クレア以外の全員で、一階に下りてきた。

ミルキーが物欲しそうにしてたのは見逃していない。卵サンドを少し出してやるかな、いや、甘やかしすぎか？

「……の、あの！」

話しかけてきたのは、フロントだ。

「何だ？」

「クレアに関しても、俺達に関しても、ありがとうございます」

「何がだ？」

「ここまで面倒を見てくれていることに……です！」

「それは以前言ったよな？　せっかく助けた命を無駄にさせないためだと」

「聞きました。でも、普通ならありえないくらいの面倒見の良さなので、改めてお礼が言いたかったのです」

　俺は照れくささを感じつつ、言うべきことは言っておく。

　特にフロントはリーダーだからな。こいつにはその自覚が必要なのだ。

「そうか、今のその気持ちは、ありがたく受け取っておこう。だがな？　今回は運良く助かっただけだ。今後は、お前がパーティの安全を見極めるんだ」

「わかっています。今回、昔からの友人でもある仲間を危うく失うところでした。今後はしっかりと周りを見ます！」

「そうだな。リーダーとしてそれは必要だし、判断はお前がするべきだ。しかしな、細かいことを言えば、周りを見るという役割は、後衛のミルキーがやったほうが良いだろうな」

　首を傾げる三人。

　オリゴスが聞いてくる

「何でミルキーなんですか？」

「これは俺の偏見かもしれないが、前衛はこれをやらないほうが良いと思っているんだ」

「それはなぜですか？」

「前衛が戦っている間に、横や後方から新たな敵が現れても気づけないだろう？」

「「あっ！」」

「お前らの陣形は、前衛のオリゴスとフロントが敵と戦い、斥候のクレアが後方警戒をしながら敵を牽制《けんせい》、ミルキーがその間で魔法を使うってところだろう？」

フロントが答える。

「その通りです」

「本来ならもう一人くらいいて、遊撃手が欲しいところだな。その場合は、治癒持ちの弓を扱う者かな？　それでお前らのパーティはバランスがすごく良くなるんだよ。だが、今はいないから、比較的に周囲を冷静に見られるミルキーが適任だと思う。まあクレアでも良いが、役割が多すぎるからな」

「なるほど。勉強になります！」

フロントが目を輝かせる。

「いや、俺もアドバイスできるほど経験はないから、真に受けすぎるなよ？」

「そんなことないです！　俺も何か足りないとは感じていたのです。回復役というのは気づいていたのですが、少し違和感があって皆に相談していませんでした。相談していれば今回のことも……」

落ち込むフロントに向かって、俺は大きな声を出す。

「フロント！」

「は、はい」

「反省はリーダーとして大事なことだろう。だが、起こってしまった過去を引きずらず、今後どうしていくかを考えるんだ。あと、相談は忘れずにな。せっかく仲間がいるんだから。俺にはいないから羨ましいよ」

「ノートさん……」

「ま、俺のことはいい。もし仲間を増やそうと思うなら、しっかり金を貯めとけよ？　連携確認やらで稼ぎが減るだろうし、合わなくてまた探すとかになるかもしれんし」

「わかりました」

俺は彼らに向かって頷くと、冒険者ギルドに行くのだった。

4　ギルマスから不穏《ふおん》な依頼が

さてと、冒険者ギルドに来たことだし、依頼でも見るか。

……うーん、特にないな。

どうするかな。適当に受けて、薬草類や食い物の採取でもしようかな……などと考えてたら、ギルマスに見つかった。

「ノートさん！　良いところに！」

「イヤですよ」

「最後まで言わせてよ‼」

「聞いて俺が得することはないですし」

「そんなこと言わずに聞いてよ！」

「そこらにいるベテランに言ってくださいよ」

「彼らは確かに経験で言うならベテランだけど、全員Dランクなんだよ」

「だから？」

俺がそう口にすると、ギルマスは声をひそめる。

「……Dランクじゃ、今回の依頼を受けられないんだ。依頼はBランク。君は覚えてないかもしれないけど、受けられる依頼は自分のランクの一つ上まで。だから、彼らでは無理なんだよ」

また厄介事の気配がするな
「俺もイヤだな」

「そう言わずに。今この村にCランクは君しかいないんだよ」

「俺も昨日まではDランクだったたって覚えてる？」

「そうなんだけど、真面目に村が危険なんだ。力を貸してほしい」

ギルマスの顔は、真剣だった。

仕方ない、話だけでも聞くか。

……はあ、こうも面倒事が重なると気が重くなるな。日本での仕事を思い出すよ。

「とりあえず話は聞くが、受けるかどうかは別だ」

「では、さっそくあっちで話そう」


ギルド長室に入ると、お茶を出され、一息ついてから話が始まる。

「不確かな情報でまだ公表できないのだけど、このセドル村からオーゴの間にある林に、ゴブリンの巣ができているらしいんだ」

「はあ。倒せばいいじゃないですか。この村の冒険者の総力でもって」

「ノートさん、ひょっとして知らないのか？　ゴブリンは単体だとEランク相当だけど、群れになると上位種が発生している可能性が高いんだ。ゴブリンソルジャーやアーチャーがいるとDランク相当になり、ジェネラルやメイジがいるとCランク相当になる。クイーンがいた場合は、Bランク相当、キングがいればAランク相当にまで跳ね上がるんだよ」

「ギルマス、俺はソロ冒険者なんだけど？」

「君には従魔もいるだろ？　それに他の冒険者を参加させて、パーティを組んでもらう予定だよ。それで、斥候に行ってもらえないかと」

ギルマスの視線は、俺の肩に止まるライに向かった。

「ライを使えと？」

「頼むよ。それに、そっちの魔狼《まろう》もかなり強いと聞いてる。Bランク冒険者が瞬殺されると感じたという噂をね。それに加えて、君自身の魔力量は下手するとSランク並みだとも」

「それでもな。俺の装備には不安があるし、従魔達を危険にさらしたくないんだ」

そこへ黙って話を聞いていたヴォルフから念話が入る。

『主、我は受けても良いぞ？　斥候をするだけではなく、上位種を潰せば、主を含めて全員のレベルアップに役立つと思うのだが？』

『そうかもしれないが、その上位種が厄介だろう？』

『我はフェンリルだ。ゴブリンごとき、軽い運動をするようなものだ』

『そうなのか』

『我が本気になれば、人の選別だとSSSランクとされるドラゴン種、古代種にも挑めよう。セレスティナ神の加護もあるから、ゴブリンの巣くらいなら、我かマナだけでも殲滅《せんめつ》できるであろう』

続いてマナが言う。

『私は表に出ませんが、確かに可能だと思いますよ～。それに主様だけでも、ジェネラルやメイジクラスなら問題なく倒せます。クイーン相手では怪我くらいはしますが、倒すこと自体は可能ですよ。キングはギリギリ勝てるくらいでしょうか』

『そ、そうなのか』

『主様の現在の実力は、Bランク冒険者上位相当と思われます～』

俺は頷くと、従魔達に告げる。

『じゃあ、ヴォルフに上位種だけ先に倒してもらって、俺、アクア、ライは通常種でレベル上げをしていいかな』

『主の実力が上がるのであれば、良いと思うぞ？』

従魔達との協議の結果、依頼を受ける方向で話がまとまった。

その間ずっと待っていたギルマスが聞いてくる。

「考えはまとまった？」

「ああ、斥候の依頼を受注することにしたよ」

「受けてくれるんだ！　ではさっそく他の参加者を……」

俺は、他の冒険者を募《つの》ろうとしたギルマスを遮《さえぎ》って言う。

「俺だけで行くのが条件だ」

「ノートさん？」

「下手に組んで、俺の従魔達に手を出されたり、便利に使おうとされたりしたら迷惑だ。条件を呑んでもらえるなら、俺が従魔達と依頼を達成しよう」

なんてもっともらしいことを言ってみた。

本音は、他の冒険者と共闘するのが面倒なだけだ。それに俺の魔法は派手だから、他人に見られたくない。

するとギルマスはいったん考え込んでから口を開く。


「わかった、その条件を呑もう。下手に押して、ノートさんにこの村からいなくなられて困るのはこちらだし」

「賢明な判断、助かるよ。俺の魔法も使いやすくなる」

「魔法ね。かなり高い魔力量だし、なおさら他の冒険者はいらないか」

「そういうことだな。さっそく場所を教えてほしい」

俺がそう言うと、ギルマスは地図を出して示す。

「精度は高くないが、この辺りが怪しいとされてるんだ」

「わかった、じゃあさっそく出るよ」

そのまま行こうとすると、ギルマスが止めてくる。

「ちょ、ちょっと待った！」

「なんだ？」

「そんな、散歩に行くみたいなノリで行かないでほしい！　準備とかはどうするのかな!?」

「準備？　いるのか？　ポーション類も食物も武器防具ももう持っているのに？」

俺がそう口にすると、ギルマスは頭を抱えだす。

「そうだった。普通じゃないんだった……」

「失礼な、普通のソロ冒険者だろう」

「普通のソロ冒険者は、パーティを組んで行くんだけどね？　準備もしてからなんだけどね？」

俺はその言葉を聞き流して、ギルドから出た。

さーて、面倒なことにならないと良いけどな？

◇

ギルマスによると、ゴブリンの巣は村を出て三時間くらいの場所にあるらしい。

ちょっと距離があるので馬車で行くことを考えていると、ヴォルフから念話が来て、彼の背に乗せてくれると言う。

人がいるときは無理だが、俺達しかいないなら良いとのこと。

ならそれで行こうかな？　と思ったところでクレアの晩飯のことを思い出す。

んー、夕飯までに帰れるかわからないから、置いていこうかな。あと、マークにも話しておかないとな。

マークを探しながら晩飯を考える。

俺達の飯は、最悪量産したのがあるから何とでもなるんだが、クレアのは作らないとなー。

コケットのささみのサラダと、この世界の玉ねぎであるオニオのスープ、キノコリゾットにしようかな？　少し多めに渡すか？

考えがまとまったとき、マークが見つかる。

「マーク！」

「ん？　どうした？」

「ここではまずいから、少し移動しないか？」

「待て、ザックさんに話してくる」

そう言って、近くにいたザックに話しに行くマーク。

やりとりをして戻ってきた。

「少しの時間なら大丈夫だ」

それならと、人通りがない道に入る。

冒険者ギルドでの話を説明すると、マークは驚いてしまった。

「それは大変じゃないか！　それで⁉　冒険者ギルドは斥候隊はどれくらいの規模で組織したんだ⁉　お前も行くのか？　ザックさんには話さないのか？　この村を離れる日程を変えなければ！」

「まあ落ち着け。斥候には俺が行く、日程はそれしだいだ」

「そうか！　斥候の結果しだいで変える必要性を考えるんだな！　……ん？　俺が？　もではなくか⁉」

「そうだ、俺が行く」

「なぜだ！」

「ギルマス曰《いわ》く、Cランク以上の冒険者が俺しかいないそうだ」

「この村の冒険者は？」

「Dランクまでしかいないみたいだ」

「それでも、Cランクの依頼はできるではないか！」

マークに俺は淡々と返答する。

「今回の依頼はBランクだと。精度の低い情報な分、最悪の想定まで考えると、最低でもBランクの依頼にせざるをえない……らしい」

「しかし、それではあまりにも……」

「それにな？　俺が、同行者を断っているんだよ」

マークが声を荒らげる。

「何を考えてる⁉」

「何がだ？」

「何がだじゃない！　正気とは思えない！」

「一応計算はできているさ」

実際はヴォルフがしてくれた計算だが、嘘ではないだろう。

「どういう計算だ！」

ヴォルフの本来の力についての詳細な情報は伏せつつ、適当に説明しておくか。

「ここだけの話にしてくれよ？　ヴォルフの力だが……」

「フェンリルの力か？」

「そうだ。ＳＳＳランクの力を持っているはずなんだ」

「……そうだったな。フェンリルがいるなら安心か」

「そういうことだ。そういったことを他人に知られて、都合良く使われないようにするため、冒険者の同行を断ったんだ」

マークはため息交じりに問う。

「……わかった。それで、俺はどうすれば良い？」

「晩飯時間に帰ってこられるかわからないから、クレアの晩飯を預けておきたい」

「ああ、それは良いが。私が貸してもらっているアイテムカバンには、時間停止は付いていないのだろ？」

そうだったな。

なら、この前買ったウエストバッグに付けて渡すか。それが一番早そうだし。

「その辺は考えてある。作ったら持ってくる」

「ここで待っていたらいいのか？」

「ああ。まともに作るのは、メインの料理だけだから、そこまで時間はかからない」

その後、マークは戻っていった。


俺はテントまでやって来た。

「さて、作るか。急がないと、夜遅くになりかねんな」

独り言を言いながらリゾットを作り、他のも並行して仕上げていく。

調理スキルは本当に良い仕事をしてくれるな。

よし、でき上がった。

続けて、アイテムカバンを作ろう。大きさは適当で良いが、時間停止は忘れないように。これで良しっと。

作った食事を、作ったばかりのウエストバッグに入れると、俺はマークに渡すのだった。

◇

ゴブリンの巣に向けて移動を開始する。

街道沿いにしばらく歩いたあと、街道から外れてヴォルフに乗り、ライに先行してもらいながら、ゴブリンの巣を目指す。

三十分ほどで、目的の林に着いた。

ライに場所の確認をお願いして、俺は武具を装備していく。

バッグをすべて【アイテムボックス】に入れて、ポーションだけすぐ出せるようにしておく。

準備万端になって少し経つと、ライが帰ってきた。

『ご主人！　場所がわかりました。歩いて二十分ほどの場所です。見覚えのないゴブリンの姿もありました』

「お疲れ、ありがとうな。となると、やっぱり上位種がいるのか。ヴォルフ、ゴブリンの見分けは可能か？」

『可能だ。メイジとクイーンとキングがいれば我が倒そう。その他の場合は牽制だけ行い、主とライとアクアに任せようと思う』

「俺達のレベルアップのためか？」

『その通り』

「わかった。マナはアクアの補助を頼みたい」

『はーい。任せといて～』

「ライは少し待機しててくれ。アーチャーとメイジを倒ししだいで頼む」

『わかりました。相性の問題ですね』

「そうだ。こんなところで怪我をしないでほしいからな」

良し。指示は出したし、向かおうか。

ライに案内してもらいつつ、ゴブリンの巣に向けて移動する。それなりに近い所までやって来ると、ライを呼び寄せる。

ライに、ゴブリン巣がどっちの方向にあるか改めて確認してもらい、ヴォルフを先頭にしてさらに移動することしばし。

やっとゴブリンの巣が見えてきた。

思っていたよりも数が多そうだな。

『小規模とはいえ、スタンピード寸前ですね～』

マナに続いて、ヴォルフが告げる。

『主、おそらくキングがいるな』

「マジか？」

『ああ。クイーン以下の上位種も勢揃いしている』

「じゃあ、遠距離攻撃してくるアーチャーとメイジを先に倒さないとな。ヴォルフ、俺がアーチャーをやるから、メイジとキングを倒して、クイーンの気を引いておいてくれるか？」

『クイーンは倒さなくていいのか？』

「クイーンを倒してしまうと、ジェネラルに指揮権が動くだろう？　それまでにジェネラルを俺が倒せていたら良いが、できなかった場合、囲まれて数で押し潰されかねない」

『なるほど。クイーンを置いておくことによって、主がアーチャー、次いでジェネラルと落ち着いて戦えるというわけだ』

「ああ。それに俺がアーチャーを、ヴォルフがメイジを倒したら、ライが自由に動けるからな。たとえキングとクイーンが強力な魔法を使えたとしても、ヴォルフの敵じゃないんだろ？」

『もちろんだ。直撃してもあやつら程度の魔力では、我の毛一本焦《こ》がすこともできぬであろう』

「なら、頼んだ」

『任されよう』

「よし！　行くぞ！」

俺の言葉を合図に、ヴォルフがゴブリンメイジに向かって猛スピードで接近。ゴブリンメイジが魔法を唱える暇もなく、鎧袖一触《がいしゅういっしょく》で倒した。

俺も急いで、ゴブリンアーチャーに近づく。

俺の援護にはアクアが付き、近づいてくる雑魚ゴブリンを倒していく。

やっとゴブリンアーチャーのもとにたどり着く。弓を構えてきたので緩急をつけながら、左右に移動する。

狙いをつけづらいようで、アーチャーの矢はまともに飛んでこない。

俺はアーチャーの懐に入り、小太刀で斬ってから風魔法でとどめを刺した。

よし！

「ライ！　戦って良いぞ！　取り巻きの雑魚ゴブリンを頼む！」

『やっと出番が来ました！　頑張って倒します！』

ライはそう言うと、風と雷魔法で取り巻きの雑魚ゴブリンを倒していった。俺はライに続いて、ゴブリンジェネラルに向けて移動する。

ライとアクアに援護されながら、ゴブリンジェネラルのもとにたどり着いた。すると、さっそく襲いかかってくる。

動きは俺のほうが速いが、武器の重量差で攻撃力は負けてそうだな。

だが、俺が一太刀入れると、ゴブリンジェネラルの振るう剣の威力は弱まった。

相手が怯《ひる》んだ隙を逃さず、俺は一気にとどめを刺す。

よし、倒した！

次は、ソルジャーだな。

そう考えて振り返ると、ソルジャーはライが雷魔法で倒していた。取り巻きの雑魚ゴブリンはまだ数がいるが、それでも随分減ったな。キングはヴォルフが瞬殺したみたいだ。

残りは、クイーンと雑魚ゴブリン十数体だ。

ゴブリン達は逃げだそうとしていたようだが、ライ達がそれを許さず、クイーンだけになった。

ヴォルフが首だけ動かして、俺に倒すようにと伝えてくる。

マナからは、怪我をすることはあっても倒せると言われてたし、やってみるか……

ポーションの位置を確認……と、ヘタレと言わないでくれ！

前世にやっていたゲームとは違うから、蛮勇《ばんゆう》はできないんだよ……って、誰に言い訳してるんだろうな、俺は。

まあいいか、気を取り直してクイーンと対峙《たいじ》する。

今までのモンスターと違って威圧感があるな。

さて、どうやって倒そうか。

とりあえず風魔法を放ってみたが……モーニングスターみたいなので防がれた。

風魔法、雷魔法、土魔法、水魔法、火魔法をタイミングをずらしながら立て続けに放つ。

防ぎきれないと考えたのか、クイーンは特攻してきた。避けようとしたが、モーニングスターの範囲外まで行けずに当たってしまう。

痛《いて》ぇ！

ムカついた！　絶対倒す！

さっきの倍の手数と魔力を使い、同じように魔法を放つ！

今度は特攻もできずに、クイーンは吹っ飛んでいった。

よし！　倒したかな？

ポーションを振りかけながら、クイーンに近づく。

生きてたらまた一撃もらうことになる。ちょっと離れて様子を見ようとしたら、ヴォルフが死んでいると教えてくれた。

ふぅ……何とかなったか。

かなり疲れたし、倒した魔物はいったん【アイテムボックス】に入れて、少し休みたいから林の外まで出よう。

みんなも手伝ってくれたので、少しの時間で収納できた。

じゃあ、外に向かって歩くか。


林の外に着いたので一息入れていると、従魔達が腹減ったと言いだした。確かに昼はだいぶ過ぎてるが、もう少し待ってほしかったな。

まあ、俺も腹減ったから用意するが。

といっても、作り置きを出すだけだ。従魔達に「今日はこれで我慢してくれ」と伝えながら、食事を並べていく。

さっそく食事を始める。従魔達は特に何も言わず食べてくれた。

やっと休憩できそうだな。

みんなが食べているのを見ながら、俺も少しずつ食べ始める。

食べながら、今回ゴブリンクイーンと戦ったのはやっぱり危なかったと反省する。だが、あの場合は仕方がないとも思うな。ヴォルフが指示してきたわけだし。

それよりも、俺とライとアクアのレベルチェックをしないと！

だいぶ倒しているし、期待できるかな。


……よし食べ終わったので、お茶でも飲んで落ち着こう。

さて、さっそくステータス確認しようか。

名　前：ノート・ミストランド
種　族：人族
年　齢：42
職　業：冒険者兼旅人、職人
レベル：30
H　P：880
M　P：3950
体　力：535
力　：485

魔　力：　3950
敏　捷：　525
器　用：　470
知　力：　500
スキル：　【異世界言語（全）】【アイテムボックス（容量無制限&時間停止）】
【鑑定（極）】【生産（極）】【錬金（極）】【全属性魔法（極・詠唱破棄）】
【調理（極）】【成長率五倍】【タブレット】【交渉】【算術】【読み書き】
【小太刀術6】【身体強化4】【体術3】【歩法2】【魔力回復量増加2】
魔　法：　火、水、風、土、氷、雷、光、聖、闇、無、治癒、精霊、従魔術、時空間、
付与

思った通りかなり上がったな。
レアを何体か倒しているしな。
新しいスキルも覚えているし、強さのインフレがすごいことになってる気がする！
アクアとライはどうなったのだろうか？

名　前：　アクア

種族：プチスライム（レア）
年齢：半月
職業：ノート・ミストランドの従魔
レベル：20
ＨＰ：１２４
ＭＰ：１９１
体力：１２４
力：１２１
魔力：１９１
敏捷：１４０
器用：１５１
知力：１４９
スキル：【水魔法7】【治癒魔法4】【強酸弾】
付記：種族進化可

名前：ライ
種族：エレキバード（レア）

年齢：12
職業：ノート・ミストランドの従魔
レベル：24
ＨＰ：２５９
ＭＰ：４５５
体力：２５０
力：２２０
魔力：４５５
敏捷：４１０
器用：２１２
知力：２２４
スキル：【風魔法8】【雷魔法8】【遠見】【隠蔽】【看破】
【疾風（スキル進化可・経験値不足）】
付記：種族進化可（経験値不足）

かなり上がったな！
雑魚が大半とはいえ、相当数倒したしな！

しかし気になる部分がある。アクアの付記の項目、「種族進化可」から「経験値不足」がなくなっている。

進化できるようだが、したら大きくなるんだろうか？

考えてもわからないな。聞いたほうが早いか。

「マナ、アクアが進化可能になったんだが、どうしたらいいんだ？」

『早いですね～。やり方としては、ステータス画面にある進化を承認すれば、進化するはずです～』

アクアの知能がもう少し上がれば自分でできるのだろう。だが、アクアはまだ幼児くらいだから、俺が代理で行うんだろうな。

生まれて半月だし、仕方ないだろう。

とりあえず進化を承認すると念じてみる。

しばらくすると、進化が始まった。

アクアはほのかに光り、徐々に光を強めていく。そしてその姿が見えないほど光輝くと、アクアは一回り大きくなっていた。

鑑定してみる。

名　前：　アクア

種　族：　スライム（レア）
年　齢：　半月
職　業：　ノート・ミストランドの従魔
レベル：　1
Ｈ　Ｐ：　150
Ｍ　Ｐ：　225
体　力：　150
　力　：　147
魔　力：　225
敏　捷：　170
器　用：　185
知　力：　183
スキル：　【水魔法7】【治癒魔法4】【強酸弾】【体当たり1】【吸収1】
付　記：　種族進化可（経験値不足）

進化したことにより、また少し強くなったようだ。

これはこれで嬉しいが……ちょっと目立つようになったから、厄介事に巻き込まれる危険が増えそうだよなー。

まあここで悩んでいても仕方ないし、覚悟を決めて村に戻ろうか。

しばらくヴォルフに乗って、村から徒歩一時間弱くらいの所で降ろしてもらった。ここからは歩いて村に向かおう。

◇

門に着き、入村手続きを行ってから冒険者ギルドに向かう。

以前、受付で揉めた子じゃない所に並び、順番を待つ。

少しずつ進み、俺の番になった。

するとなぜか、俺の顔を見た受付の人が奥に入っていった。何だろうと思っていると、奥から戻ってきて、物腰柔らかく確認してくる。

「ノートさんで間違いないですか？」

「ええ、ノートです」

「そうだとは思ったのですが、一応確認させていただきました。申し訳ありません」

「いえ、丁寧な対応どうも」

「そのように警戒なさらなくても大丈夫ですよ」

「そうですか」

「それでですね。あなたが戻りしだい、討伐の結果を聞きたいとギルド長が言っておりまして、先ほどはその連絡に行ったわけです」

「はぁ、そうなんですね」

「ええ。ギルド長はギルド長室ではなく、違う場所で話をしたいとのことです。このままご案内しますがよろしいでしょうか？」

「ええ、俺もここじゃないほうが良いと思いますので、案内をお願いします」

「わかりました。ではこちらへ」

そう言って歩き始めたこの女性、今までの受付嬢と違って雰囲気があるな。元冒険者ってところかな？

まあいいか、とりあえずついていこう。

これから始まるかもしれない、面倒な話し合いの場へ。

5　やっぱり厄介事！

さて、その人について歩くと、大きな倉庫の前に着いた。

「こちらで、ギルド長が待っています」

そう促して、自ら倉庫に入っていく。それについていく前に、ヴォルフには倉庫内を、マナには周辺を警戒するようにお願いする。

中に入ると、ギルマスが声をかけてきた。

「待っていたよ！　それで、どうだったかな？」

「見てきたよ。かなりの数がいたな」

「上位種は確認できたかい？　数はどれくらいだった？」

「上位種はいた。数は三百から四百だと思う」

俺がそう答えると、ギルマスは顔をしかめた。

案内してきた女性が不審そうに聞いてくる。

「それは本当ですか？　……嘘だと言いたいわけでありませんが、さすがに数が多すぎるのでは？」

納得してない様子だな。

まあ、下手すれば村が滅ぶ戦力だろうし、このセドル村のように上位冒険者がいない村では特にな。

本当のことを言う前に、まずは確認しておくか。

「ところでこの倉庫は、どういった場所ですかね？」

「ここは表に出せない問題を処理するための場所なんだよ。たとえば、素行《そこう》の悪い冒険者に人知れず退出してもらったり……ね」

ギルマスは少し冗談っぽく言った。

俺は案内してくれた女性に目を向ける。

「ふーん、それを実行するのがその女性ってことかな？　ギルマスもそこそこの強さはあるみたいだけど、彼女はかなり強いみたいだ」

「そういうことだね……っと紹介がまだだったかな？　彼女は私の補佐役で副ギルド長、元Sランク冒険者のメロディだよ」

女性が軽く会釈《えしゃく》する。

「よろしくお願いいたします」

「ああ、あと数日間は世話になるよ」

「それで、本題に戻りたいんだけど」

ギルマスがそう言うが……隠してもしょうがないし、正直に話すとするか。

「ギルマスにはバレてそうだな」

「それはわからないよ」

「タヌキだな、まあ良い。ゴブリンの話だな……終わったぞ。ヴォルフに確認したが、上位種はすべていたのでな」

ギルマスが目を見開く。

「ちょっと待って！　上位種がすべていただって!?　キングもかい!?」

「そうらしい。俺にはわからないから、ヴォルフに調べてもらって……」

すると、メロディが尋ねてくる。

「討伐を証明できる物をお持ちですか？」

俺はギルマスに確認して、ゴブリンの死体を出していく。

ゴブリンが二百八十体、ゴブリンソルジャーが三十体、ゴブリンアーチャー、ゴブリンジェネラル、ゴブリンメイジがそれぞれ三体ずつ。そして、ゴブリンクイーン、ゴブリンキングを一体ずつ全部出した。

顔を青くするギルマスとメロディ。

ギルマスが尋ねてくる。

「……これを君達だけでやったの？」

「逆に言うと、こうなるから他の同行者を断ったってことなんだけどな」

「は、ははは。君は英雄にでもなるつもりかい？」

「それがどういった者なのかわからないが、いらぬ横槍が入らない程度の存在にはなりたいと思うぞ。気を遣わずに旅を続けたいと思っているからな」

「目的はそれなの？　偉くなりたいとかは？」

「ないな。偉くなるイコール、責任が増えるだけと思っているから。俺と従魔達が食うに困らなければ、望むものは特にない」

そこへ、メロディが首を横に振りながら言う。

「目の前の光景が、未だに信じられないのですが……」

「信じてもらうには、そうだな、俺もあなたにも覚悟がいる。俺の出自については、ギルマスはたぶん知ってるよな。ファスティのギルド長から聞いているんだろうし」

俺がそう言うと、メロディはギルマスを見る。

ギルマスはいろいろと考えているようで、しばらく黙っていた。

ギルマスがメロディに告げる。

「……聞く覚悟はあるかい？　正直、聞かなければ良かったと私自身思っている情報だし、知ってしまえば、命を懸けて守秘してもらうことになる」

返事を待っていると、メロディが口を開く。

「……覚悟しました。お聞かせ願えますか？」

「そうか。言うに及ばないと思うけど、これは他言無用だ。下手すれば、本人のみならず家族にまで迷惑がかかると思っておいたほうが良い。彼は、迷《まよ》い人《びと》だ。そして彼の従魔には、聖獣《せいじゅう》がいる……この意味、わかるよね？」

メロディは顔を蒼白にしてよろめく。

ギルマスが彼女に声をかける。

「大丈夫かい？　できれば知らないほうが良かったんだろうが」

メロディは何とか返答しようと口を動かしていた。

そして少し落ち着いてきたのか、こちらに視線を向ける。

「……いろいろ納得できました」

それだけ言ってきた。

俺はギルマスに問う。

「それで、これをどうしますか？　公表するのか？　なかったことにするのか？」

「正直、どちらにしても問題になるよ。公表したら、誰がやったのか言わないと報奨が出せない。なかったことにするにしても、このことが明るみに出たら、被害に遭った人達が納得しないしね」

「何らかの形で公表する必要はありそうだな。かといって今の俺のランクだと、いろんな面倒事に巻き込まれそうだし、それは勘弁してもらいたいが」

俺がそう言うと、メロディが声をあげる。

「なぜですか⁉　これだけの偉業を為し遂げているのですから、堂々と公表すれば良いのではないですか」

「メロディさん、話聞いてたか？　俺は面倒になるのを避けたいと言ってるんだ。何だったら討伐部位と名声はあなたにあげるよ？　俺はごめん被《こうむ》る」

そう言うと、メロディは困惑している。

これ、どうやってまとめたら良いんだろうな。

俺としては、魔石の所有権だけ取れたら、あとはどうでも良くなってきてるんだよなー。

特殊個体の魔石なら、そこそこの値段になるみたいだし、鍛冶《かじ》や錬金にも使えて、ポーション系の材料になるらしいんだよな。クイーンとキングの魔石に至っては、特殊効果を武器に付与できるようだし。

その辺りで手を打ってくれないかな。試しに提案してみるか。

「ギルマス」

「何かな？」

「たとえば、魔石だけもらうわけにはいかないか？」

「宝石だけ？　すべての所有権は君にあるんだけど……」

「放棄するから、その代わりといってはなんだが、群れの規模を小さく報告したい」

「どういうことかな？」

「俺は魔石は欲しいが、他は面倒になってきたんだ。だから、討伐した群れの規模をジェネラル以下だったことにと思ったんだ」

「なぜそんなことを……」

「面倒くさくなった。言う言わないのどっちをとっても面倒になるなら、規模を縮小して殲滅してきたことにできないか？　ジェネラルならCランクだろ？」

「虚偽の申請をしろと言うのか」

ギルマスはそう言うと、若干怒っているような目で見てくる。

「何かまずいのか？」

「さっきも言ったけど、事が明るみに出たら、襲われた商人達が納得しないだろうね」

「その商人達だって、今回のゴブリンの群れの規模を正確に把握しているわけじゃないだろ」

「それはそうだけど」

「上位種のゴブリンは俺がそのまま持ち帰って、人のいない所で処分する。だいたいこの報告をすることで、誰かが不利益を被《こうむ》るわけでもないだろうしな」

「……」

そこへ、メロディが意見を出してくる。

「では、こうするのはどうでしょうか。私とノートさんが組んでいたとして、偵察したのはCランクのノートさんで、殲滅したのは元Sランクの私ということに。正直、私も表に立つのは嫌ですが、ノートさん一人で殲滅したことにするよりは、まだマシになるかと思われます」

ギルマスが思案しながら、問題点を指摘する。

「なるほどね。いや、だとしても、二人がここにいるのは問題なんじゃないかな。ある程度の規模の群れを潰したのだから、通常一日で終えるはずもないからね。その点をどうするつもりかな？」

「普通のパーティなら、一日目に偵察をして準備し、二日目に討伐に挑むはず。最短でも二日はかかるでしょう。なので明日、ノートさんと私で人気《ひとけ》のない所へ行き、そこで時間を潰してまた戻ってきましょう。面倒でしょうが、これを行わないともっと面倒なことになります。この茶番に一日費やしてもらえると助かりますが……」

メロディが俺のほうを見てくる。

面倒だが、この案に乗るしかないか？

どちらにせよ、この件を終えないと村を発《た》てないだろうし。

「他の案も思いつかないし、俺はそれで良い。身を隠している間、暇なら採取でもしておくさ」

ギルマスがため息交じりに言う。

「君がそれで良いなら、私はとやかく言わない。けれど報酬がかなり減るよ。真実を知っている身としてはやるせないね」

「さっきも言っただろう？　多少の金よりも、俺は自分が生きやすいほうを取ると。だから、特殊個体の魔石だけ所有権を主張したわけだし」

「そうだったね。わかった。この件はそれで処理をしよう。一応、誓約書を交わしておこうか。三枚用意するので、それぞれ読んで署名し、各々一枚ずつ持とう。何かトラブルが遭った際の備えとして」

「その書類、明日にしてもらえると助かるんだが。そろそろ従魔達の飯を用意して、ゆっくりしたい」

「それで良いよ。今日はお疲れ様、ゆっくり休んで明日に備えてほしい」

「じゃあまた明日」

そう言って倉庫から出た俺は、マークと話をしようと宿屋に向かった。


中に入ると、マークとザック、それにクレイモアの連中も食事をしに来ていた。

マークも俺に話があるようだが、その前に、クレイモアのほうから用事を終わらすことにする。

クレア以外の面々が席に揃っているな。

「フロント、今少し良いか？」

「ええ、大丈夫です」

「クレアは夕飯を食ったか？」

「ええ。ノートさんがあちらの方に預けてくれていたので、先ほど渡してきました。その後、自分達も食事をするために下りてきたんです」

フロントはマークのほうに目をやった。

「そうか、食事量は十分そうか？」

「そうですね。残さず食べているようです」

「ふむ。なら明日からは、もう少し腹に溜まる物を用意するかな。具体的には肉を増やして」

「それは喜ぶと思います。クレアも、ノートさんの料理は野菜も豊富に使っていて、すべて美味しいと喜んでいますが、もう少し肉類が欲しいとも言ってたので」

「そうか。明日の夕飯からは、肉類を増やして作るとしよう。朝食と昼食は、すまないが今日とあまり変わらないと伝えといてくれ。明日も朝から依頼に出なきゃいかんのでな」

「わかりました。伝えておきます」

「頼んだ。じゃあ明日な」

「はい、また明日よろしくお願いします」

それから俺は、マークとザックのいる席に移動する。

二人から労《ねぎら》いの言葉をもらい、今日のことを隠すところは隠しながら話す。マークは少し怪しんでいる感じだ。ザックにさらに出発が遅れる可能性を示唆すると、彼は予定を組み直すと言って自室へ戻っていった。

「それで？　どうなったんだ？」

ザックがいなくなったのを確認してから、マークがさっそく聞いてくる。

俺は声を落として告げる。

「……気になるのはわかるが、こんな人の多い所で言えるわけないだろ」

「すまん。気が急《せ》いていた」

「あとで、俺のテントまで来てくれ。ザックには、道中の護衛に関して話しに行くとか何とか言ってからにしろよ？」

「わかった。お前はこれからどう……お前と従魔達の飯だな？」

「そうだな。戻って飯にするよ。あいつら、さすがにそろそろ怒ったり泣いたりしてそうだしな」

「早く食わせてやれ。あとでそっちに行く」

「ああ。じゃあ、あとでな」

さて、連絡や確認も終えたし、テントまで戻って飯にしよう。

◇

テントまで戻ってきた。さっそく晩飯の用意をしようとすると、ライとアクアのチビッ子従魔が空腹を訴えてきた。

『おなかすいたのー』

『お腹が空いてます』

先輩従魔のヴォルフとマナは大丈夫とのことだが、やはりお子様達は我慢の限界になっていたかと少し反省。

空腹を紛らわすため、晩飯に影響がない程度に少量の肉を与える。

『ご飯前だから、少しだけな』

よし、調理を始めるか。

といっても、チビッ子従魔達がそこまで待てるとも思えんので、手早くできるオーク肉の生姜焼きとちゃんちゃん焼きにする。

従魔達はこれで良いとして、俺はこれにスープとサラダとご飯を足すことにしよう。

ささっと作り上げ、みんなで食べる。

俺的にはスピード重視の手抜き料理だが、従魔達は満足してくれたようだな。

食べ終えてから片付けをし、お茶を入れて寛ぐ。


その後、クレアの飯を作ろうと準備しだした頃、マークがやって来た。

「ん？　まだ食事を取ってなかったのか？　早く来すぎたか」

マークには、今から作るのはクレアの分だと説明して、少し待ってもらう。

作り終え、チビッ子従魔達をテントに入れる。毎回申し訳なく思いつつもヴォルフには周辺の警戒をお願いする。マナもテントに入っていった。

「すまない、呼んでおいて待たせた」

マークに向かってそう言うと、マークは特に気にしていないとのことだった。それよりもさっそく話の続きをしようとしたので、遮音の魔法を施す。

便利だね、魔法は。

「それで？　本当はどうだったんだ？」

「斥候の依頼か？　無事に終わったぞ？」

「どうだったのかを聞いているんだがな？　上位種は？」

「いたぞ？」

「どこまで確認できたんだ？」

「どこまでと言われると……キングまでいたな」

「！！！　キングだとっ‼」

「声がデカい！」

「魔法で何とかしているんだろう！　それよりもキングまでいたなら、この村の戦力ではヤバいのではないか⁉」

マークが随分慌てている。そんなマークに俺は淡々と返答する。

「そうだなー」

「何を悠長《ゆうちょう》に言ってるんだ！」

「お前には事前に話をしたろう？　ヴォルフがいるから何とでもなると」

「それはそうだが、キングまでいるとなると、近くの村に押し寄せるのも時間の問題なんだぞ!?」

「お前に今から言うのは極秘なんだが」

「言ってみろ。お前のことだから、私の想像の上を行くのだろう」

「……ゴブリンキングを含めたすべてを殲滅済みだ」

俺がさらっと打ち明けると、マークは目を見開いた。

「は？　いやいや待て！　今日は斥候だけじゃなかったのか？」

「やれそうだったんでな、潰してきた。ギルマスとその補佐のメロディにも言ってある。だがな、それで面倒くさいことになりそうだったから、上位種はジェネラルとソルジャーだけしかいなかったということにしたんだ。念を押すが、誰にも話すなよ？」

マークは頭を抱えだした。

「言われなくとも話しはしないが……どこまでも私の予想を超えていくんだな」

「ヴォルフに多くの上位種の気を引いててもらったからな。おかげで俺はアーチャー、ジェネラル、クイーンを倒せたよ。従魔ともどもレベルアップを大幅にできたぞ」

「……お前。いやいい。それで、明日はどうするんだ？」

呆れたのか、受け入れることにしたのか、マークは話題を変えてきた。

「ちょっとした偽装工作のため、俺とメロディでアリバイを作りに行くことになったんだ。それでおそらくだが、しばらくはこの村を離れられないだろうと思ってる」

「……それは仕方ないな。まあ、それよりも、危険を排除してくれてありがとう」

唐突に言うので、俺は驚いてしまう。

「何だいきなり？」

「誰もお礼を言ってくれんだろうからな。どうせお前のことだし、誰にも言わないつもりなんだろう？」

「そうだな、面倒がやって来るだろうからな」

「だから私が言うんだ。同行者として、一人の民として」

「やめてくれ、俺は俺のやりたいようにしただけだ。ヴォルフの力があればこそのゴリ押しだったんだ」

こっ恥ずかしいから本当にやめてくれ。

打算ありきでやったことだから、礼を言われると本当にキツい！

さっさと話を終わらすためにも、明日の話をしていく。

「ザックには、明日の行商は午前中に終えて、昼からは旅の食料などの補充をしたほうがいいんじゃないかと助言してほしい。何だかんだいって、出発は迫ってるからな。それと偽装工作とはいえ、俺が討伐に行くことも話しておいてくれ。あとマークには、今日と同じくクレアのための飯を預けておきたい」

「ああ、助言は伝えておくし討伐に行くことも話しておこう。食事も預かる」

これで、後顧《こうこ》の憂《うれ》いなく出られるな。

その後、細かいすり合わせを行い、クレアの食事を朝・昼・晩の順に渡して話し合いを終えた。

マークが宿に戻ったので、遮音の魔法を解いて一息つく。

前の世界と変わらないくらい働いてる気がするな。ワーカーホリックじゃないよな？

そんなことを思いながら、俺は就寝するのだった。

◇

朝になったので、朝食を済ませて、ギルドに向かう。

ギルド前ではすでに、ギルマスとメロディが待っていた。

ギルマスが話しかけてくる。

「おはよう。とりあえずこれを確認して、内容に不備がなければ署名をお願いしたい」

さっそく目を通すと、誓約内容は次のような感じだった。

1．ゴブリンキング以下の所有権は俺にあること
2．今回のゴブリンの巣の規模を他言しないこと
3．俺の強さ、従魔の強さを許可なく他言しないこと
4．右記、特に3を違反した場合は、謝罪を込めた違約金として1億ダル支払うこと

かなり本気で考えてくれたと思える。

すぐに署名をしてギルマスに渡す。

それから各々の署名を全員で確認して、一枚ずつそれぞれが保管。俺はアイテムカバンに入れる振りをして、【アイテムボックス】に入れた。ここに入れておけばなくさないしね！

書類も確認したし、林に向かいますか。

出発の準備をしていると、ギルマスに声をかけられる。

「ノートさん、馬車を用意しているので、それで行ってもらって良いかな？」

「それだと意味がなくならないか？」

「どういうことかな？」

俺はギルマスに近づき、小声で言う。

「馬車の御者《ぎょしゃ》をどうするんだ？　せっかく三人だけの秘密にしておくことにしたのに、何で人を増やそうとする？　メロディが御者をするとか言わないよな？」

「あー。君の言う通り、御者をメロディに任せるつもりだよ。もしかして現地で何かする予定でもあるのかな？」

「そうだな。ゴブリンの死体だけ持ち帰って巣を放置してきたから、ちゃんと巣自体を潰しておこうと思ってるんだ。馬車を放置する時間を作ってしまうのも良くないし、歩いていくよ」

「そうか。殲滅したと聞いていたので、巣自体も潰していると勝手に解釈していたよ。昨日確認すべきだったね」

「ギルマスは知っているから言うが、俺はこっちに来てまだ一月ほどの素人だ。そこまで気が回らなかった」

「そうだったね。あまりに堂々と振る舞っているから忘れがちだけど」

そう言って笑うギルマスに、俺も苦笑しながら話す。

「ただの虚勢だ。生活基盤がないからこそのな」

「他の冒険者に比べたら、生活基盤もあると思うよ」

「俺の場合は、この世界の部外者だから孤立している感覚があってな。もちろん、今はこいつらがいるからだいぶ薄くはなってるが、どうにも抜けきらない」

ちょっとした弱音を吐くと、ギルマスは何とも言えない表情を浮かべた。

結局、徒歩で行くことになった。

俺はギルマスに別れを告げると、メロディとともにギルドから出発する。

ギルドから出て、二時間くらいで件《くだん》の林に着いた。

徒歩三時間じゃなかったのか？

そう考えていると、メロディが教えてくれる。

「三時間というのは、基本的に一般人の足での時間の話になります。大きな誤差なく到着したと思いますよ」

そうなのか。それならそうと事前に教えてほしかったな。

ともかく、昨日の戦闘を行った場所に移動して、粗くではあるが周囲を確認する。それから使えそうな物、襲われた人物のギルド証、武具等を丁寧に回収してから、巣自体を土魔法で埋め固めた。

ひとまずはこれでいいかな。

あとは、予定時間までこの辺で待機していればいいか。

何かに使えそうな素材でも探そうかな？

従魔達は動きたそうにしている。ヴォルフに確認してみると、付近にはEランクのウルフとホーンラビットくらいしかいないらしいから、適当に狩りをさせておいた。

俺がルーティーンと化している薬草採取と食材探しをしていると、メロディから声がかかる。

「どうした？」

「どうしたではありません。何でそんなに緩い空気を出しているのですか!?」

「何でと言われてもな。現状、脅威となるような敵性生物が半径百メートル以内にいないからだな」

「何でそんなことがわかるのですか？」

「ヴォルフが何の反応もしてないからだ。こっちに寄ってくる魔物がいれば、教えてくれるなり、自分で狩ってくるなりするからさ」

メロディはすごく複雑そうな顔をしていたが、諦めたらしい。他に見落としがないか見回ると言って、その場を離れていった。


そうやっているうちに時間になったので、戻る準備をするために従魔達を呼ぶ。

さーて、やっとこの問題も終わるかな？

メロディに確認して村に戻ろう。

「メロディ！」

大きな声で呼ぶと、すぐに返事が来た。

「何でしょうか？　ノートさん」

「そろそろ良い時間だろう？　ちょっと聞きたいことがあるんだが」

「確かにそろそろ終わってもいい時間になったと思いますが、相談ですか？」

「ああ。それで見落としはあったか？　俺はゴブリンの群れに詳しくない。いや、初めてゴブリンに会ったので、彼らの習性がよくわからないんだ。あと、ギルドに戻ったらどの程度の数を出せばいいかも教えてほしい」

「見落としはありませんでした。提出する数はそうですね……ジェネラルが束ねる群れという想定なので、ジェネラル一体、ソルジャー五体、普通のゴブリンを五十一体くらいにしましょうか」

「わかった」

軽い打ち合わせを終えると、俺達は帰路に就いたのだった。

◇

ギルド証を提示して村に入る。

そのままギルドに向かった。

報告するためにギルマスを呼んでもらうと、すぐにやって来る。

一応この依頼を受けたのは俺なので、俺が報告する。ちなみにメロディには、補足やフォローをお願いしてある。

「話のあった地点で、昨日、斥候偵察を行った。そして本日、俺とメロディでゴブリンの巣を殲滅してきた」

すると、周りがざわついた。

その中の一人が声をかけてくる。

「おい！　それは本当か⁉」

疑っているのではなく驚いている感じなので、俺は答える。

「ああ、本当だ」

「規模は⁉」

「ジェネラル一体、ソルジャー五体、普通のゴブリン五十一体かな」

「その規模だと、Cランク冒険者のパーティが必要になるじゃないか！　下手すると複数パーティ案件だ」

「だから、Cランクの俺と元Sランクのメロディで行ってきたんだ。先に言っておくが、俺は従魔師だから、二人だけという感じでもないぞ」

「討伐したゴブリンの死体は持って帰ってきたのか？」

「ああ。それよりも、ギルマスに報告をしていいか？」

「ああ、すまない。報告の邪魔をした」

俺は改めてギルマスと向かい合う。

さて、続きを言おうとしたら――ギルマスのほうから問うてきた。わざと周囲に聞かせるようにしているな。

「それで、どうやったのかな？」

「従魔達と奇襲した。俺は基本的に剣を使ったが、近づいてきたゴブリンには魔法で牽制した。狼型の従魔は爪と牙で倒していき、鳥型の従魔は風魔法で戦ってくれた」

メロディが口を挟む。

「補足しておきますと、私が手を出すことはほとんどありませんでした」

すると、周りから「おおぉ～」といった声があがった。

メロディ、話が違うだろ！

仕方ない。厄介なスカウトが来そうなので先手を打っておく。

「一応言っておくが、今はパーティに入る気はないし、依頼の途中なんでな。明日か明後日には村を出ることになる」

そう言うと、俺に声をかけようとしていた奴らが離れていった。

危ねえ！

まあいい、あとは討伐したゴブリンを出して終わりかな？

「それじゃあ、討伐証明を兼ねて、ゴブリンを出してもらっても良いかな？」

ギルマスにそう言われたので頷く。それから、ここだと狭いということで、場所を移動することになった。

さっそく、ある程度のスペースがある訓練所にやって来た。

「じゃあ、ここに出してくれるかい？」

言われるままに出していく。

アイテムカバンから、ゴブリンを一、二、三……四十九、五十、五十一っと。ソルジャーを五体。ジェネラルを一体。

よし、予定数だな。

「これで全部ですけど」

「……ああ、ご苦労様……」

ん？　何か間違ったか？　ギルマスが唖然としているな。

もう一度数え直す。数は合っているし、出す予定のない物は出してないはずだが？

そう思っていると、後ろのほうから声が聞こえてくる。

「おい、あいつの持ってるアイテムカバンの容量スゲーな」

「どこで手に入れたんだろう？」

アイテムカバンも規格外だったんだ！

今さら気づいたが、もう遅い。

まあ、なるようになるだろうし、すぐに出る村だから、盗難にさえ警戒していれば良いだろう。

周囲の警戒はいつもヴォルフに任せっきりだから、これを機に俺も気をつけるか。

ギルマスは正気に戻ると、声を発する。

「確認した。あとで報酬を支払うので、ノートさんはギルドの個室に来てほしい。他の者達は解散！」

その場にいた野次馬の冒険者達は離れていった。

周囲に人がいなくなると、ギルマスがため息をついて言う。

「君ねえ、目立ちたくないなら、そのアイテムカバンも何とかしなよ。あんなの見せられたら、確実に目立つよ！」

「すまない。すっかり忘れていた」

「盗難には気をつけてね。じゃあ、あとは中で話し合おうか」

そう言ってギルド施設のほうへ戻っていくギルマス。

早く終わらせて、ゆっくりしたいものだなー

さて、個室にやって来たのは良いけど、まだ時間がかかるのかなー。

なんて考えていると、ギルマスが言う。

「さてと、じゃあ早く終わらせようか」

「それはありがたい」

俺がそう応えると、ギルマスは金が入ってる巾着と書類を持ってきた。

「まずは依頼を受けてくれてありがとう。さっそく討伐料の話だね。ゴブリン一体に対して

1000ダル、ソルジャー一体に対して5000ダル、ジェネラル一体に対して3万ダルで、合計10万6000ダルだね。それとは別に、巣を潰した殲滅料は10万ダルとするよ。私はまだこれでも不十分かと思っているけど……確認してもらって良いかい？」

促されたので巾着の中を見てみると、間違いなく入っていた。

話はこれで終わりかなと思い、その場から去ろうとする。そこで、ギルマスから解体所に行くように言われる。

ん……ブルーブルのことか!?

久し振りすぎて忘れていたが、やっと手に入るんだな！

解体所では、おっさんが待っていて声をかけてくる。

「おう、兄ちゃん！　肉を取りに来たのかい？」

「ああ、ギルマスから行くように言われたんでな」

「そうか。すまないが、全部は終わらなかったよ。だがな、ブルーブルは終わったぞ。ボア系は半分くらいだが、オークは終わってて、ウルフとベア系は皮を剥いだだけだ。で、他の小さいのは終わってる。あとな、ギルマスから、今回の解体料を無料にするように言われてるんだ」

無料？　そりゃ、随分なはからいだな。

「そうか。かなりの量だったから仕方ないさ。これだけあれば一ヶ月分はかかるだろうし、かなり無茶を言った自覚もあるしな。それと解体料は良いのか？」

「ギルマスが良いと言ってるからな、良いんだよ」

「ありがとう」

俺はおっさんに向かって頭を下げる。

「それと肉は戻すが、皮とかはどうする？　持って帰るか？　こっちで買い取るか？」

「多少は欲しいな。それ以外は買い取りで頼む」

「どれが欲しいんだ？」

「一通り戻してくれたら良い。複数ある物はすべて買い取りで」

「わかった。じゃあ、買い取り額の計算をするから、ちょっと待っててくれ」

そう言ってその場を去っていったおっさんを見送りつつ、従魔達の様子を見る。

うーん、まだ大丈夫そうだな。

待っている間に、作る料理でも考えるかな。

やっと牛肉が入ったし、牛丼食いてえなー。従魔達にはステーキでも良さそうかな。時間があれば今日は両方作るとして、時間がなければステーキにしておこう。

肉はとりあえず牛、豚、鶏と揃ったけど……やっぱ魚も欲しいな。

海産物が豊富にあるというオーゴには、その点、期待してるんだけどな。

そうこうしているうちに、おっさんが戻ってきた。

「ブルーブル三頭分の肉で6万ダル、皮が全部で1万ダル、角《つの》が全部で1万ダル、オークは睾丸《こうがん》が八体分で8万ダル、その他もろもろすべてで20万ダルでいいか？」

「それで大丈夫だ」

「じゃあこれが代金だ。兄ちゃんはこれから……従魔の飯か？」

「ああ、そうだな。そろそろ腹が減ってきたんだろうな。皆、ソワソワし始めてる」

「たくさん食わせてやりな！」

「ああ、ありがとう」

そう言って解体所を離れた俺は、テントに戻った。

◇

さてと、テントまで帰ってきたが、やっぱりあまり時間がなさそうだし、ステーキソースを作って、ステーキにしようか。ソースは二種類用意するかな？

一つは醤油をベースに、たっぷりの大根おろし、玉ねぎ、生姜を加え、仕上げにレモン汁であっさり仕上げる。

もう一つは、すりおろし玉ねぎをたっぷり使い、赤ワイン、完熟リンゴ果汁、本醸造醤油をブレンドして仕上げた。熱することで、玉ねぎの辛味が甘味に変わるんだよな。

うむ、どっちも美味《うま》そうだ。

肉はブランデーで香り付けもしてっと……

よし！　焼けた！

仕上げにソースをかけていって、焼けたばかりのブルーブルの肉を全員に配る。

みんな、各々の場所についたようだし、さて食うとしようか。

ブルーブルの肉の見た目は、高級ブランド肉のような感じだ。肉をナイフで切った感じは……柔らかい！

もう辛抱たまらん！

齧《かぶ》りつくように肉を口に入れる。

……美味い！

口の中で溶けるような柔らかさなのに、肉本来の旨味が強い。

肉の味が、口の中で主張している！

これは、ソースなしで下味の塩コショウだけでも美味かったかもな！　次の一口はソースに付けず食べてみる。

やっぱりこのままでも美味い！

人によって好き好きがあるだろうが、俺は両方いけるな。

そんなこんなで、あっという間に食べてしまった。

俺が空《から》になった皿を見ながらボーッとしてると、ヴォルフから念話が入る。

『主、同行の者達がこっちに向かってきているぞ』

『ああ、ありがとう、ヴォルフ』

『美味い物だったが、気を抜きすぎだ』

ヴォルフに怒られてしまったが、事実なので何とも言えずに謝る。

やって来たのは、マークとザックである。

ザックが言う。

「ノートさん、護衛依頼の日数に変更が生じそうなので、相談に来ました」

「そうなんだ」

「いや、そうなんだって……それだけですか」

「他にどう言えと？」

「いや、期日内に着けないなら、延長の料金とか……」

「そんなのを気にしてるのか？　マークもか？」

俺が聞くと、マークが言う。

「普通はそうだろうな」

「そうか、じゃあはっきりさせよう。俺は気にしないからそっちで話し合ってくれ！　以上」

俺がそう宣言すると、二人とも唖然とした顔をしてこっちを見てくる。

面白い顔だから写真に残しておきたいな。いや、やっぱりいいや。おっさんの顔なんて残しててもしょうがないし。

そんなことを考えていたら、二人してツッコミを入れてくる。

「「それでいいのか!?」」

「うるさいよ！　元々この護衛を受けたとき、俺は言ったはずだ。料金よりも移動時間の短縮、それが依頼を受ける理由だと」

「それはそうでしたけど」

「それにな？　遅れるのはあんたの都合なのか？　違うだろう？　今回のゴブリン騒ぎの影響だろうが」

「それもそうですけど」

「だったら、俺が言うことは何もない。だから、あとはそっちで話し合ってくれ」

「しかし、冒険者ギルドの規定が」

「不測の事態での料金規約か？　あれは双方の話し合いのうえで、両者納得のいく料金を加算するって話だろ？　俺は加算はいいと言っている。わざわざ話し合いに来てくれたんだし、余計にな」

すると、マークが尋ねてくる。

「本当にいいのか？」

「いいんだよ。今は金に困窮してるわけじゃないしな。マークはどうするんだ？」

「私のほうも話は終わっている。ほとんどお前と同じだな」

「ほとんど？」

「お前ほど強く言ってないから、二人で話し合った結果、昼食はザックさん持ちになったくらいだ。もちろん遅れる日数分だけだが」

「そうか。マークの分に関しては、俺が払っても良かったんだがな」

笑って言うと、マークが小声で尋ねてくる。

「……ファスティを出るまで金欠だったはずだろ？　いつの間にそんなに稼いだんだ？」

「手持ちはそうでもないがな。例のポーション、あるだろう？」

「ああ、それがどうしたんだ？」

「あれの在庫がそこそこ増えたから、気持ちに余裕があるんだ」

「どれくらい作ったんだ？」

「そうだなー。ざっくりした数で、低ランクから高ランクまでのポーション各種が、千本単位であるかな」

「……作りすぎだ」

マークは額に手を置いて、頭痛を堪《こら》えるようにしている。

「そうか？」

「もういい。お前のやることにいちいち驚いていたら、身が持たなくなりそうだ」

マークにディスられた気がするが、まあいい。

さて、ザックと話をしよう。

「で？　出発日程の目処は立ったのか？」

「明日、冒険者ギルドが周辺の安全確認をするそうなので、安全が確保された翌日には、と考えています」

「わかった。最短明後日だな。その間、俺は市場と露店商回りの予定だ。あとは、テントで飯の用意をしている」

「わかりました。日程が見えたら、ノートさんが宿に来たときにでも伝えます」

「了解だ」

マークとザックはそのまま出ていったが、俺も二人についていく。

クレアの様子を確認しようと思ったからだ。


宿屋に着き、クレイモアの誰かを呼んでもらうと、フロントとオリゴスが下りてきた。

「ノートさん！　戻られたんですね」

俺の顔を見るなり確認してくるフロント。

「ああ、だいぶ前に戻っていたんだが、話し合いがあったり、食事を取ったりしてたんで、この時間になった」

「そうだったんですか。それでお疲れのところ、どうしたんですか？」

「食事を預けていたが、クレアの様子を見ておこうと思ってな。今日の食事は肉系を増やしてあっただろう？　体に負担があったかなかったかを確認して、明日からの用意を変えようと思ってるんだ」

「そこまで気遣っていただいてすみません」

　フロントが申し訳なさそうに言ってくる。

「気にするな。強くなったときにしっかり返してもらうさ」

　俺がそう言って笑っていると、上の階へと促される。

　とはいえ、最短二日後に村を出ることにもなるからなー、とかいろいろ考えながらついていく。

　クレイモアが借りてる部屋に着いたところで、フロントがノックして声をかける。

「入っても大丈夫か？」

　今までこんなことしてなかったはずだが……

「もうちょっと待って～」

　返事してきたのはミルキーだ。

　何だろうと思っていると、フロントが謝ってくる。

「すみません、ノートさん。ちょうどノートさんが来る直前に、体を清めるためにお湯をもらったところだったんです」

「そうだったのか、間の悪いときに来てしまったな。すまない」

「いいえ、普段ならもう食事も体拭きも終わってる時間なのですが、今日はたまたま俺達が帰ってくるのが遅れたので」

「そうなのか。何やってたんだ？」

「えーと、薬草採取してるときにボアが出てきたので、連携の練習がてら狩ることにしたんですよ。クレアがいない状態ですけどね。でも上手く連携が取れなくて……倒したあと、こうしたら良かったとか、こう指示したほうが良かったとか、反省会をしてたら遅くなってしまって……あ、あの、誰も怪我はしていませんよ」

俺の顔がきつくなったのを見て、フロントは慌てだした。

「フロント、採取中に出てきた魔物を狩るのがダメとは言わないが、話し合いもなく行き当たりばったりでやろうとしたろ」

「はい。すみません」

「何とかしようとする姿勢は良いけどな。以前も言っただろう」

すると、オリゴスが言う。

「すまない、ノートさん。こいつはこいつなりに必死に考えてるんだ、俺達を守るために」

「だからな？　俺が言っているのは、一人で考えるのもリーダーとして必要だが、仲間がいるんだから、相談しながらやっていけってことだ。行き当たりばったりじゃなくな」

「すみません。そうですね、ノートさんはそう言ってましたよね。だから連携の練習をって話でしたね」

するとと、部屋の中からミルキーの声があがる。

「もう大丈夫だよ～」

フロントの代わりにオリゴスがノックして、ドアを開ける。

「フロント、どうしたの？」

「フロント、落ち込んでない？」

フロントの顔を見たミルキーとクレアが、心配そうに尋ねる。

「ノートさんに諭《さと》されてた」

オリゴスがそう言うと、二人は声を合わせる。

「「今日の件？」」

「そうだ。連携確認の練習もろくにしないで、練習がてらとはいえ、実戦をいきなりするなと……」

オリゴスの説明を遮るように、俺は口を開く。

「その辺はもう言ったんだ。おしまいにするぞ！　それよりもクレア！」

「は、はい！」

「今日の飯はどうだったんだ？　足りたか？　重すぎたか？」

「大丈夫でした。完食してます」

「そうか。だったら明日はもっと重めにしてみるか。それで大丈夫なら、食堂の飯もいけるかもな！」

「そうですね、元々ノートさんがいる間だけでしたもんね」

「その調子なら一月くらいで快復しそうだし、普通に食っても大丈夫かもな。じつは俺のほうも最短二日で村を出るんだ。今日、雇い主からそう言われてな」

「そうだったんですね。改めて、ありがとうございます」

変なタイミングで礼を言ってくるクレア。

俺は茶化しつつ言う。

「なーに、お前らが強くなったときにたっぷり回収するから楽しみにしておくさ」

「わかりました。絶対に強くなってみせます！」

「ああ、その言葉、忘れないぞ」

そう言い残して、俺は部屋を出た。


テントに戻ってきた。

明日の行動を思い浮かべるが、んー、俺個人の用事は買いだしだけなんだよな。クレアに出す飯のことでも考えるか。

何にしようかなー。

朝は、アメリカ風のパワーブレックファストにするか。

コーヒーはないから、紅茶味のチャの葉をミルクティにして、パン、コケット卵のスクランブルエッグ、サラダ。この世界のホウレン草であるホレンのバター炒め、厚切りベーコンステーキも付けたいが、それはオーク肉の肩ロースで代用するかな。

続いて昼は、唐揚げ親子丼にしよう。スープを付けてな。

夕飯は、残しておいたブルーブルの厚切りステーキとライスとスープと、あとはサラダかな？　さらに付け合わせに、フライドポテトを山盛り作っておくか。俺も食いたいし、どうせクレイモアの連中も食いたがるに決まってるし！

よし、メニューは決めたぞ。さっそく材料を用意して、作り始めるとしますかね！

何か俺、下宿のおばちゃんっぽくなってないか？　大丈夫か？

それはさておき、まずは朝食だな。

スクランブルエッグとホレンの料理でバターを使う予定だから、パンにはバターを付けずに、ジャムだけ用意しておくかな。パンは軽く焼いておこう。

サラダは、この世界のレタスであるレタの葉とトマトで簡単に。ドレッシングは、サウザンドアイランドドレッシングにしようか。

次はホレンのバター炒めを作って、スクランブルエッグの横に置く。

なお、スクランブルエッグは塩コショウと牛乳を少し入れて、プレーンで作った。味付けは好みによるけど、ホテルみたいにケチャップにする。俺はそのまま派なんだけど、用意しておく。

あとはカリカリベーコン風に、ブルーブル肩ロース部分を塩揉みしてから焼いていく。この辺は、スキルの恩恵で良い塩梅《あんばい》になった。

飲み物は、チャの葉のミルクティを用意する。

続いてお昼。コケットの唐揚げ親子丼だ。

下味を塩コショウで付けて、しばらく放置。俺も食いたいし従魔達も食うだろうし、大量に用意した。

下味が付くまでの間に、スープ作りと唐揚げ粉の用意。油の用意もしておく。

スープは少量の肉の入ったワンタンスープにしよう。あの食べるときのツルッとした感覚がいいんだよな。

俺はスキルを頼りに作業に没頭し、大量のワンタンの皮を作り上げた。その皮に、挽き肉と刻んだ玉ねぎを混ぜて塩コショウをして包んでいく。

ブイヨンも作っとくかな？　コンソメの素《もと》とかまた補充しとかないと。自作は厳しいかなー。そこそこの数を作ったワンタンを一気にスープに入れて茹でる。

さて、唐揚げを揚げていきますか！

気合いを入れないと、見ただけで心が折れそうになる量を作ってしまった。

延々と揚げること一時間。

従魔達が匂いに釣られ、腹減り合唱を始めたので、唐揚げの出来の確認の意味で、つまみ食いをさせてみた。

従魔達もそこまで腹が減っているわけでもないので、それだけで満足したようだ。

さて、出来栄えはどうかな？

自分でも一つ口に入れる。

うん、唐揚げは間違いがないな！

従魔達からもまた食べたいと言われた。

さて、残りの唐揚げを揚げきろう！


……腕が痛くなるくらい揚げ続けたよ！

このあと、フライドポテトもやるんだぞ……泣きそうだ。誰だ、このメニューを考えた奴は。俺だよ、チクショー。

とりあえずスタミナポーションを飲んで、夕食に取りかかろう。

ステーキを焼くぞ。味は今日食べた二種類のソースで良いかな？

あとは付け合わせのココーンの輪切り焼きと、フライドポテトだな。フライドポテトの味付けは塩とケチャップでいいか。

どこのファーストフード店の店員だってくらい揚げ続けた。

作った物、使った物、忘れ物がないか確認して……忘れ物はないな。今日は疲れたし、さっさと寝よう。

おやすみ。

◇

朝日が目に入ったので、目を覚ます。

周りを見ると……いつもの光景だ。今日もアクアを起こすのに苦労するのかなと考えつつ、体をほぐしながら朝食を用意する。

朝食を済ませてゆっくりしてから宿屋に向かう。

宿屋の店員にクレイモアの誰かを呼んでもらっている間に、店主に話しかける。

「ちょっと時間をもらえないか？」

「朝の混雑は終えたから、少しならいいが」

「クレイモアの連中の話なんだ」

「ああ、あの子の飯の件か」

「ああ。クレアっていうんだが、だいぶ良くなってるようでな。ほぼ普通の食事に変わっている。今日の様子しだいではそのまま任せたい」

「料金をすでにもらってるし、仕事だからするよ」

胸を叩いて言ってくれる店主。

男前なおっさんだな。

そんな会話をしていると、ミルキーが下りてきた。

「ノートさん、おはようございます」

「おはよう。さっそくだが、朝食を持っていってやりたいんだが」

「はい。お願いします」

前に立ち、案内してくれるミルキー。

「ノートさんが来たよ」

ノックと同時に扉を開けると、クレアはベッドサイドに立っていた。

そのまま挨拶してくる。

「おはようございます」

「おはよう。今日の朝食はこれだ」

「……いつもより豪華ですね？」

「そうか？　見た目はあっさりしてるんだけどな。味の保証はするし、食べごたえがあるぞ」

「ノートさんの食事はどれも美味しいので楽しみです！」

「まあ、ゆっくり食べてくれ」

クレアが食べ始めた。しばらく食べる様《さま》を見ていたが、特に問題はなさそうなので、俺は部屋を出ていく。

さーて、買い物に行こうか！


市場や露店を見て回って、この村で手に入る一通りの野菜と果物、調理済みの食べ物、調味料を買った。

野菜と果物は基本木箱買いした。食べ物は木皿に載るだけ入れてもらって、塩と砂糖以外の調味料は小さい箱に入れてもらった。

食器類と服も増やした。

結果、全部で5万ダルほど使った。マークに言ったら、また買いすぎだと呆れられるだろうな。

ともかく、買い物はだいたい終わった。

これでいつでも出られるな。

それからテントに戻ってすぐに昼食の調理をする。従魔達には肉多めの旨辛野菜炒めを出してやり、俺はそれをどんぶりにして食う。

食べ終えてから、宿屋に向かう。

入るとちょうど良いタイミングでクレイモアの連中が下りてきたので、ミルキーにそのまま部屋まで案内してもらう。

クレアの体調の様子を確認して、昼食を渡して宿屋を出た。

◇

何しようかな？　冒険者ギルドに行ってみようかな。

路銀《ろぎん》も増やしておかないといけないし。

ポーションを卸そうと思い、ギルドに入って買い取り所に向かう。今日は魔物じゃないので、小さいほうの窓口に並ぶ。

こっちは人がそう多くないので、すぐに順番が回ってきた。

「次の方どうぞ～」

「買い取りを頼みたい」

「はい。買い取りする物は何でしょうか？」

「ポーションだな」

「ポーションですか？　買ったときより値段が下がりますけど、よろしいのですか？」

丁寧に接客してくれる。前みたいに怒りが湧くことはないが……このやりとり、何度目なんだろうな。ため息が出そうになる。

ギルド証を見せたらわかってくれるかと考え、ギルド証を出す。

「ギルド証ですか？　これが何か……あっ、ギルマスから話が来ている方ですね」

連絡があったことに気づいた様子のギルド職員。

俺は俺で「おぉ、連絡回してくれたんだ」と少し感動していた。いや、今までが今までだったしな。

ギルド職員は確認してくる。

「本日はどれほどの本数、ランクの物になりますか？」

「路銀の足しにするから、数十本くらいだな。ランクはいろいろ持ってるから、そちらが欲しい物に合わせるよ」

「少々お待ちください」

そう告げて、席を外す職員。

ギルマスに確認に行ったのかな？　そう思ってしばらく待っていると、ギルマスとともに戻ってきた。

「やあ、ノートさん。今日はポーションを卸してくれるんだって？」

「そうだな。路銀を補充しておきたいんで」

「それで？　何を何本卸してくれるのかな？」

「ん？　それを聞きに行ったんじゃないのか？」

俺がそう言うと、ばつが悪そうにする職員。

「……あのですね。ノートさんがポーションを売ってくれると伝えたら、見ていた書類を投げ出して、すぐに出てこられたので……」

「何してんだよ、ギルマス……」

「いやあ、やっとポーションを卸してもらえるというんで。ファスティのギルマスから聞いたけど、通常のより効果が高いらしいし」

「そうなのか？」

「そうらしいよ？　だから私が来たんだよ」

「まあいいか。あとでメロディに怒られないようにな。それで数と質は？　何をどれだけいるんだ？」

「そうだね。各種高品質ポーションを三十本と、中品質を五十から百本、低品質を二百本卸してほしいな。言っておいてなんだけどキツいかな？」

各種ってことはＨＰポーションとスタミナポーション、マジックポーション、毒消しポーションの四種か。

「ふむ、あるぞ？　どこで出す？」

「え、用意できるの!?」

「できるから、どこで出す？　と聞いたんだがな？」

「じゃ、じゃあ、個室でお願いするよ！　こっちに来て！」

「わかった」

慌てて歩くギルマスのあとを追う。

かなり急《せ》かすが、逃げはしないから落ち着け。

そう思いつつ歩いていく。


案内された部屋に入ると、ギルマスが指示してくる。

「ここに並べていって！」

さっそく置いていく。

各ポーションは四桁単位であるからな。これだけ出しても余裕だ。

「数えてくれ」

「見てたから数に間違いはないよ。それにしても本当に持ってるとはね。ちょっと待ってて、お金を持ってくるから」

「わかった。ここで待ってる」

少しして、ギルマスが戻ってくる。

「お待たせしたね。もうね、今回は儲け度外視で買わせてもらうよ！」

結果、次のような感じになった。

低品質ポーションは一本1000ダルを二百本、それを四種類分で80万ダル。中品質ポーションは一本4000ダルを百本、それを四種類で160万ダル。最後に高品質ポーションは一本2万ダルを三十本、それを四種類で都合240万ダルとなった。

つまり、合計で480万ダルで買ってくれた。

これだけあればしばらくは大丈夫だな！

あとはクレアに夕食を渡して、ザックとマークに出発時間を確認したら出られるな。

やっとオーゴに行ける。

ついに魚か……楽しみで仕方ないな！

6　セドル村出発！

その後はゆっくりした時間が過ぎ、出発する日になった。

内容が濃すぎたので長くいたように思えるが、一週間程度なんだよな。

今日までの流れを振り返ると、アイテムカバンを作ったり、ポーション各種を補充分だけ作ったり、飯をクレアに渡したり、話をしたり……

そういえばクレアには、明日から徐々に運動量を増やして良いと伝えておいたのだ。

念のため、ポーションセットをアイテムカバンに入れて渡し、ギルマスにも様子見をお願いしておいた。

待ち合わせ場所に着くと、ザックとマークが先に来ていた。

「すまない。待たせてしまったか？」

「いえ、大丈夫ですよ？　私達は早く来て忘れ物がないか、補充忘れがないかのチェックをしていただけですし、時間もまだ来てないですよ」

「そうか、遅れたかと思ったよ」

「出発までに行うことは、ノートさんに貸与されてるアイテムカバンに物を入れていくだけですね」

「なら、クレイモアの連中に話しに行っても良いか？」

「あまり長くは予定がずれるのでダメですが、三十分くらいなら大丈夫ですよ」

ザックがそう言ってくれた。

急ぎ、宿屋に向かう。

全員が下にいたようなので挨拶する。

「おはよう。全員下にいたか、ちょうど良かった」

「ノートさん！　今日出発では？」

「ああ、そうだ。今雇い主が荷物の最終チェックと積み込みをしてるから、許可をもらってこっちに来たんだよ。念を押しにな」

そう言って全員の顔を見ると、クレアが目を逸らす。

「……大丈夫ですよ！　連携練習と体作りを優先しますから！」

まだ何も聞いていないのに答えたな。

何かやましいことでもあるのか。

「おい、クレア？」

俺はにっこりと笑う。

「俺は、何も聞いていなかったんだがな」

「ごめんなさい！　きちんと守ります」

顔を引きつらせながら弁明するクレア。

さては、いきなり実戦に出ようとしていたんじゃないだろうな。

「本当だろうな？」

笑みのまま問う俺。

「絶対に守ります。ね？　ねえ、みんな！」

クレアがクレイモアの面々に確認する。

「は、はい。絶対に守らせます。そして、ノートさんに会いに行きます」

「安心してくれ。無茶しそうなときは、俺が体を使って止める」

「む、無茶しないように見張ります。私も慣れないことをしばらくはやることになるんで……」

フロント、オリゴス、ミルキーが言ってくる。

皆、ちょっと頼りないが、気持ちだけは真剣なようだ。

「その言葉信じたぞ？　俺はこのあとオーゴに向かうが、そこが俺の最終的な目的地ってわけでもないんだ。移動するときは、ギルドに言付けておくからたどってこい。もちろん、無茶はしないようにな」

俺がそう言うと、フロントが顔を上げる。

そして引き締まった顔のまま宣言する。

「俺達は、立派な冒険者になって、ノートさんに追いつきます！　そのための方法も、狩りの仕方も教えてもらい、パーティの足りないところも指摘してもらったのですから。あなたの教えを守って、着実にレベルアップしながら追いついてみせますよ！」

良い面構えだ。

今の俺にできる支援はしたしな。

クレイモアの面々の覚悟を聞いた俺は、別れの挨拶をして、ザックの所に戻った。

ザック達は準備を終えており、すぐに出発した。

◇

セドル村を出発してから十日ほど経った。

これといって何かが起きたわけでもなく、順調に移動していた。

ちなみに何かトラブルが起きるとしたら、オーゴまであと二日って距離の山裾の辺りが多いらしい。

そこまでは、あともう数日かかるな。

ここ最近やることが特になかったからか、皆好き放題している。ヴォルフは食料を狩ってきて、ライは馬車を中心に円を描いて飛び回っていて、アクアはひたすら食っちゃ寝していて、マナは気づいたらいない……って、誰の従魔だ！

俺の従魔だよ！

主人そっくりの自由奔放さだなって？　……ほっとけ！

主人の俺は何してるんだ、だって？

暇だから休憩のたびに飯を作っていて、移動中はずっとポーション作ったり、食器作ったりしてるよ。

ボーッとしながら手だけは動かしていると、マークが話しかけてくる。

「そんなに暇なら、御者の技術でも覚えたらどうだ？　役に立つかはわからんが、技術があっても損はしないぞ？」

なるほどな……

というわけで、ザックから御者の技術を教わることになり、今、俺は御者台に座って、馬車を操るために手綱《たづな》を持っている。

ザックには、覚えが早いと褒めてもらった。

嬉しいのだが……たぶん俺のスキルの恩恵だろうな。

休憩所に着いたときにステータスを確認すると、スキル欄に【御者】が付いてたよ。しかもすでに4だった。

気になったからマークとザックに、どれくらい付いたら一般的な御者ランクなのか？　と聞くと、3で一般的なランクらしい。

ちなみにザックは4らしく、マークは5とのこと。

マークに詳しく聞くと、輜重隊《しちょうたい》にいたときに上げたらしい。

マークもある意味チートだな。

俺に比べて冷静だし（マークにそう言ったら、「少なくともお前より冷静さがないと、衛兵隊の隊長にはなれん」と言われたが……）、剣にも乗馬にも御者にも交渉にも算術にも戦術にも長《た》け、少しだが魔法も使える。オールマイティーってやつだな。

そんなこんなで、とりあえず今日の日程は終えた。

明日、トラブルが多発するという場所を通過する予定だから、気を引き締めないとなー……（棒読み）。

◇

翌日、午前中から御者をしていた俺だったが、ヴォルフから先に複数の敵性生物がいると念話が入った。

詳しく聞くと、その敵性生物は野盗《やとう》で、数は十五人前後とのこと。

その話をマークとザックに伝えると、ザックは恐怖のため青白くなり、マークは少し緊張しだした。

馬車を降り、みんなで話し合う。

「ノートさん、どうしましょうか？」

「どうするんだ？　戦うのか？」

ザックに続いてマークが聞いてくるが、俺の答えは決まっていた。

「襲ってくる場合は潰すし、来ないなら放っておくつもりだけど？」

「潰すのはいいが、放っておくのか？」

さらに尋ねてきたマークに、俺は返答する。

「俺らが処理しないとダメなのか？」

「それはそうだが、放っておいたら良くないだろ」

「俺とマークだけならそれも良いかもしれんが、ザックは戦闘手段がないぞ？」

「それは私が護衛をしつつ……」

「俺一人に面倒事を投げるなよ」

「お前なら何とかしそうなんだがな」

「何とかも何も、ヴォルフに言えば簡単に皆殺しにできるだろうな。だが、そんなことはさせんし」

「生《い》け捕《ど》りは？」

「俺と従魔達全員で行けばたぶん可能だろうが、確約はできないな。何人か逃げても良いならやってみるが」

「逃げそうなのは仕方ない。被害をこれ以上出さないためにも死んでもらうしかないな。この道の野盗は何人も殺してるからな。できれば犯罪奴隷として罪を償わせたいが……」

「そうか、で、結局どうするんだ？」

するとそれまで黙っていたザックが告げる。

「私としてはこのまま行って何もなければ、通り過ぎてほしいところです。ですが、マークさんの言う通り、この道が安全になるなら……そうなってほしいという気持ちもあります」

マークが衛兵隊らしく言う。

「犯罪者には、それ相応の罰を与えるべきだ」

ふーむ、両者ともにそういう意見か。

正しいとは思うが、ただ一つ気になるのは……

「ザック」

俺は、ザックに声をかけた。

「何でしょうか？」

「ここの領主は？　俺はともかくとして、マークのように他の領に住んでた者が知っていることなのに、なぜ野盗を放置してるんだ？」

ザックは少し言いづらそうに答える。

「ここの領主は、税さえ徴収できればそれで良いと考えている節《ふし》がありまして……」

「そのために民間人はどうでも良いと？」

……許せない奴だな。

ザックの顔色が悪くなる。俺が怒りで魔力を発散しているせいだな。だが、ここで怒っても仕方ないから抑えようと踏ん張る。

「おい、ノート！　ザックさんに怒っても仕方ないだろう」

「わかっている！　これでも抑えようとしてるんだよ！」

「とりあえず離れてやれ！　一般人には強すぎる！」

「……わかった」

そう言ってザックから離れていくついでに、俺はその足で野盗のほうに向かっていった。

「そこで待っててくれ」

ザックとマークに声をかけ、従魔達を連れて歩いていく。


ヴォルフがこの先すぐの所にいると伝えてくると、他の従魔達に逃がさないように指示して、魔力を解放しながら野盗に近づく。

俺を一人と侮《あなど》って、野盗達が姿を現す。

離れているからこちらの魔力を感じていないのか、下卑《げひ》た笑いを浮かべながら話しかけてくる。

「おい、兄ちゃんよ、ここは有料だぜ？　有り金全部と命を置いていきな！」

おそらく頭目《とうもく》の、ガタイの良い奴がそう言うと、周りの奴らも調子に乗って言ってくる。

「早く出せや！　おっさん」

とか。

「殺してから剥いでやろうか？」

とか。

「俺達に囲まれた時点でお前の人生は終わってんだよ」

とか……

もういいか。

全員、足を潰して逃げられないようにしてから、誰に喧嘩を売ったのかわからせてやろう。従魔達に、できるだけ足を潰すように伝える。

「おい、おっさん？　ブルッて声も出せないのか？　ギャハハハハッ」

さすがにムカついてきたな。

俺も言い返す。

「うるせえぞ、ゴミども！　誰に喧嘩売ってると思ってんだ！」

「なっ、おい、殺しちめえ！」

「殺《や》れるもんなら殺《や》ってみろよ！」

俺はそう言って魔力を全力で解放すると、風魔法で見えてる奴全員の太股《ふともも》、膝《ひざ》、足首を切った。

さらに、痛みで転がる彼らの手足を土魔法で拘束する。

従魔達に進捗を聞くと、どうやらそっちもすでに終わったらしい。ヴォルフによると、俺の倒した奴らと、ヴォルフ達が押さえた奴らで全員のようだ。

死んでる奴はいなさそうなので、低品質ポーションをかけていって傷口だけは塞《ふさ》いでやった。

拘束した野盗の頭目が悔しげに言う。

「ぐっ、てめえ、俺にこんな真似してただで済むと思うなよ！」

「ただで済まなきゃ、何なんだ？」

「俺はこの先の領主の息子なんだぜ。俺にこんな真似をして生きていられるかどうか、バカでもわかるだろ？」

下卑た笑いをする男。

そんなやりとりをしていると、マークがやって来た。

「どうだった？」

「なぜ来たんだ？　その前に、ザックはどうした？」

「先ほどの場所にいる。時間が経っても私が戻らなかったら、セドル村まで引き返すように言ってある」

「一人にして魔物が来たらどうするんだ！　ライ、ザックの所に行っててくれ！」

すぐにライに向かってもらった。

「あの鳥の従魔だけで大丈夫なのか？」

「強さという意味か？　なら大丈夫だ。あいつ一匹でも、ブルーブルやオークの群れを殲滅できる」

「……それ、Bランク並みじゃないか」

「たぶん能力だけならAランククラスじゃないか？　まあ、従魔といえど魔物だから、ギルドの決めたランクには当てはまらないだろうけどな」

「お前だけじゃなく、従魔も自重《じちょう》知らずか」

そう言って頭を抱えるマーク。

失礼だな……

しかし、コイツらをどうしようかなーと考えてると、無視されてイラついたのか、自称領主の息子が喚いてくる。

「おい、放置してんじゃねえよ！　俺にこんな真似をしたらどうなるかわかってんのか!?」

俺はマークに話を振る。

「お、そうそう、マーク。この国だと、野盗はどういった扱いになるんだ？」

「基本は、犯罪奴隷落ちだな」

「それはどんな奴でもか？」

「そうだが……何かあったのか？」

「この喚いてる奴なんだが、領主の息子と言ってるんだ」

「は？　いやいや、ありえんだろう？　領主の息子が野盗？」

するると、男はさらに喚きだす。

「そうだ！　領主の息子だ！　お前らは手を出してはいけない人物に手を出したんだ！」

俺をため息をつきつつ、マークに言う。

「……って、さっきから喚いてるんだが、どうする？」

「いや、犯罪奴隷落ちは変わらないだろうな。ウッケを覚えているか？」

「ああ、ファスティ領主邸の門番だった奴か？」

「そうだ。あいつも貴族の息子だったわけだが、他国かどこかに飛ばされ、犯罪奴隷落ちになったんだからな」

その言葉を聞いて、先ほどより勢いのなくなった声で男は喚く。

「そんなことできるわけがないだろう！」

よくそこまで思えるよなー。

7　騎士爵領の村に向かおう

そうこうしているうちに、ライから念話が入る。

『ご主人、一緒に来ていた人が馬車で移動を始めました』

『ザックか。どこに向かってる？　村に戻ってしまうなら止めたいところだが。いや、こっちに来られても困るが』

『ご主人達のほうに向かってます』

何やってんだ、ザック。

どっちにしてもマークからの指示とは違うじゃないか。

『ライ、周りに魔物は？』

『僕が見えている範囲にはいません』

『なら、ザックに近づいて誘導してくれ』

『了解です』

数分でやって来るだろうな。

「おい、ノート」

マークが話しかけてきた。

さっきまで捕らえた男と随分話し込んでる感じだったが、何を話してたんだろう。

「ん？　話は終わったのか？」

「聞いてなかったのか？」

「ライから念話が入っていたんでな」

「そうか。とりあえず、コイツらをどう連れていくかが問題なんだよ」

「馬車に空きがないからな」

「そうなんだよな」

「そうだ！　ちょっと待ってろ」

俺はそう言うと、ヴォルフに念話で確認する。

『ヴォルフ、コイツらを引っ張っていけないか？』

『主よ。できんことはないが、咄嗟《とっさ》のときの対応ができなくなるぞ』

『それもそうだよな』

念話を終わらせて、マークと話をする。

「ヴォルフに引っ張ってもらおうと思ったが、無理そうだ。身動きが取れなくなるのを嫌ってる」

「それはそうだろう。やはり馬車で引っ張るしかないか」

話しているうちに、ザックの馬車がやって来た。

ザックは馬車から降りると話しかけてくる。

「マークさん、ノートさん！　無事ですか!?」

「ああ、大丈夫だ！　それよりもなぜこっちに来た？　俺は、待ってろと伝えたはずだが」

「それは……そう！　ノートさんが心配だったからです。それで、マークさんに見に行ってもらったんですよ。この辺なら、そこまで強い魔物はいないですからね。行商人としては、魔物よりも野盗のほうが手に余るので」

そう話すザックに、俺は厳しく言い放つ。

「心配してくれるのはありがたいが、戦闘中だったらどうするんだ？　気を取られて、逆に俺が危なくなる可能性は考えたか？」

「うっ……そこまでは考えていませんでした。けど、ノートさんの従魔がここまで案内してくれましたし……」

「それはマークがこっちに来たから、ライを送ったんだ。戦闘も終わっていたし、ザック一人にしていて、魔物が来たらどうしようもなくなるからな」

「でも、逃げるくらいなら……」

ザックは思いつめたように口ごもった。

覚悟して来たのかもしれないが……一応忠告しておく。

「それだけの重さの馬車を引っ張っている馬達が、足の遅いもしくは小さい魔物ならともかく、ウルフ系とか、足がそこそこに速い持久力のある魔物とかから、逃げられるとは思えない。もちろん、俺には地理的な魔物分布はわからないから、何とも言えんところではあるがな」

そこへ、マークがザックの擁護をする。

「この辺なら出ても、ホーンラビットとかサーペントとかだ。逃げられると踏んでいたからこそ、私も来たんだ。三十分ほど戻った所に、集落があるのも知っていたしな」

「そうか……ん？　なぜ俺らはそこに寄らなかったんだ？」

俺がふと疑問に思ったことを尋ねると、マークが答える。

「村の規模にもなってない集落で、補給もできないし泊まる場所もないんだ。私も噂でしか知らないが、引退した冒険者達が集まってできた集落で、ほぼ全員が戦闘可能らしい」

「へー、そんな奴らがいるなら、何で野盗を倒さなかったんだろうな」

「専守防衛。手を出されない限りは放っておく、というスタンスらしいな」

そこへ、放置していた自称領主の息子が声を発する。

「……あの集落もうちの領内だからな。従うように言ったことがあるが、聞き入れないんだ。領軍を派遣したが、返り討ちにあったんだよ……」

「それで？」

「それからは、あそこはないものとして扱っている。だからあそこに逃げ込まれたら、俺らも手出ししなかった」

「ふーん。まあ、それは後日寄ることがあればわかるだろう。その集落のことはさておき、こいつのことだが、この先の領ということは、オーゴ領内なのか？」

俺が自称領主の息子を見ながら尋ねると、マークが答える。

「いや、オーゴの手前に、騎士爵の領があるはずだ」

「俺はそこの領主の息子だ」

自称領主の息子を無視しつつ、俺はマークに言う。

「とりあえず、こいつを騎士爵領で一番大きな村まで連れていくか」

「そうだな。こいつが言ってることが正しいかどうかは、そこに行けばわかるか。ザックさん、馬車でこの者達を引っ張って、村まで行くことにする」

「わかりました。縄を用意します」

その後、自称領主の息子を始めとして野盗達の手を縄で縛ると、そのまま馬車で引っ張っていった。

◇

休憩を取りつつも、夕方には着いた。

村民達は、野盗達を連れて歩く俺達を見て、とても驚いた顔をしていた。奥から、兵隊達を連れた偉丈夫《いじょうふ》がやって来る。

「その縄で括《くく》りつけている者達はどうしたのだ！」

「野盗です。犯罪奴隷とするべく連れています」

マークがそう言うと、偉丈夫の顔色が変わる。

「何をもってそのように考えたか、教えてもらおうか」

「こっちの者が、有り金と命を差し出せと襲いかかってきたのだ」

マークは俺のほうに視線を送りながら言った。

「それは誠か？」

偉丈夫がこちらに問いかけてくるので、俺はきっぱりと答える。

「はい。なので、俺と従魔達で対応しました」

「詳しい話を領主邸で聞こう。ついてこい！」

そう言って踵《きびす》を返すと、元の道を歩いていく。

早く終わらないかなとか、今日の飯は何にしようかなとか、考えているうちに目的地に着いたらしい。

さっそく偉丈夫が告げる。

「では、こちらで話そうか。その前にその者達を解放しろ」

それに対して俺は答える。

「それはできません。この者達は、オーゴもしくはファスティの領主に引き取ってもらいますので」

「ここの領主である私が、解放しろと言っているのだが？」

騎士爵領の領主、つまり士爵というわけか。

「だから何です？　野盗の処遇は、退治した俺にあるはずですが？」

「その者達は野盗ではない」

「何をもって野盗ではないと言いきれるのですかね？」

「貴様は私の言葉に否を唱えるのか？」

凄んでくるが、そこへマークが口を挟む。

「領主といえども、こと野盗に関しては権利を主張できないはずです。デミダス国においては、その権利は討伐者が有すると記載されていますから」

「何だ貴様は？」

「私は、ファスティ領、オクター・フォン・ファスティ子爵様に仕えている、第二衛兵隊長のマークと言います。以後、お見知りおきを」

マークにたじろぐ士爵。

「何で、お主のような者がここにいるのだ⁉」

「それは子爵様より、ここにいるノートの旅の供をしばらくするよう、仰《おお》せつかっているからです」

「子爵様がこのような民に供を？　……それも隊長を同行させているのか⁉」

「あまり余人に知られたくないので、お耳を……」

「何だと言うのだ」

マークが耳打ちしている。

たぶん俺のことを伝えているのだろうな。士爵の顔は厳しい表情から、しだいに蒼白になっていった。

「……で、では、国に報告せねばなるまいに、なぜしないのだ？」

「彼は中央に近寄りたくないそうなので、我が領主も私を付けて行動を見守っています。中央にはそろそろ連絡が行っているはずかと」

「それでどうするんだ？　そろそろ帰りたいんだが」

俺が急かすように言うと、士爵は苦しそうに口を開く。

「それについては、貴様……いや、貴殿に頼みたいことがある。そこにいるのは、私の子で間違いない。その子だけでも放してくれぬか？」

そういえば、野盗の頭目、そんなことを言ってたな。

だが、俺は冷たく言い放つ。

「襲ってきた者を解放するにはいかないし、それ以前に……」

「……何だ金か？」

「バカか？」

「ばっ、いや、だったら何なのだ！」

俺はことさら厳しい顔で告げる。

「俺達には被害がなかったとはいえ、こいつらは人を殺していたそうだ。恨みを持っている商人は多い」

「人を……」

士爵は口ごもった。

そう、こいつらは人を殺している。だから簡単には解放できないのだ。

人を殺した者には、何らかの罰が必要だ。大きな街に連れていき、相応の罰を与えなければならない。

俺は、その辺の話を丁寧に伝えた。

「……確かにその通りだ。では、私も一緒に行かせてくれないか。息子の助命になるなら、金はいくらでも払いたい。最悪、爵位を返納してでもだ。バカな奴ではあるが、子は子なんでな……わかっている。言わないでくれ」

俺が呆れたような視線を向けたからか、士爵は先に言った。

俺は息子のほうを見て、厳しく告げる。

「おい。これが、お前が俺は貴族の息子だから大丈夫だろうと言ったことの結果だ」

息子は下を向いたまま、何も言葉を発しない。ここまでの大事《おおごと》にはならないとタカを括っていたのだろうな。

何にせよ、決着はついたな。俺はマークに尋ねる。

「まあ良い。マーク、オーゴとファスティ、どっちが近いんだ？」

「それはもちろんオーゴだな。順調に行けば三日で行ける」

じゃあオーゴに決定だな。そもそもの目的地だったし。

「ザックはいつ出られる？」

「補給だけならすぐ終わります、明日の午前中にできますが……」

ザックはこの村でも商売するんだな。そりゃそうか、元からこの村はルートに入っていたのだから。

「売買か。普段ならどれくらいの稼ぎになるんだ？」

「稼ぎ自体は金貨数枚の話ですが、待っていたお客様がいますからね」

「あー、そっちのほうが問題か……」

どうするかなー。

あんまり野盗を連れたまま、ここに長居したくないが。

「二日で何とかならないか？」

「普段より一日少ないだけなので、何とか」

「じゃあ、それで頼む。その間に、士爵には身の振り方を考えてもらおう。俺をどうにかしようとするなら、相応の対処をさせてもらうので覚えておいてくれ」

俺がそう言って凄むと、士爵は体を震わせた。

はあ、面倒ばかりで、いつになったら純粋に旅と飯を楽しめるんだろうなー。

8　オーゴ到着

その後の二日間は特にやることもなかった。

ザックは顧客に短い滞在しかしないと伝えながら商売を行い、マークはそんなザックを手伝っていた。

俺はマークに頼んでカバンを買ってきてもらって、アイテムカバンを作ったり、旅の食事の下拵えをしたりした。その他には、魔法の練習をしたり、マナに魔力の使い方を教わったりして過ごしたかな。

士爵は、ある程度の金銭を用意したり、最悪の場合に備えていろいろと慌ただしく過ごしていたようだ。

問題の息子はというと——俺とヴォルフが見張っているので大人しくしている。


そうこうしているうちに出発の日になった。

士爵はかなりの覚悟を決めている顔つきだった。

「では、参ろうか」

それだけを口にして馬に乗った。

俺達も、馬車で追走していく。

旅の途中の二晩は野営で、その間の食事は各々で食べた。だから俺達の料理だけが随分豪華だったんだよな。

あ、きちんと士爵の息子や野盗達にも渡してあるぞ？　干し肉と黒パンと水だけだがな。

まあ、これでも十分厚遇らしい。

ただ大変だったのは、干し肉と黒パンを出したとき、従魔達が少し荒れたんだよな。それで、なだめるのにいらん苦労をした。

ヴォルフにはそんな物を我に食わすのかと唸られるし。マナはまあいいか、スルーしてただけだし。ライはまたどっかに飛んでいこうとして説得が大変だったが、別の料理を見せると落ち着いてくれた。アクアはなかなか泣きやんでくれなくて、ずっと撫でていたよ。

干し肉と黒パンは野盗達用だと丁寧に説明して、やっと落ち着いてもらったんだ。どんだけこの食事を嫌ってるんだよ。

そうやって進んでいき、やっと遠くに街が見えてきた。

近づいていくと、周りをなかなか立派な石垣で囲んでいるのがわかった。そして、見間違うこともない海も見えてきた。

たぶんあそこがオーゴ領の領都、オーゴの街なんだろう。

◇

「やっと着いたな」

独り言のつもりで声に出すと、マークが頷いた。

門の所に並んで待つこと三十分くらいだろうか、やっと順番が回ってきた。

先に士爵が通り、俺達の番になった。

「次の人」

「行商人のザックと言います。こっちの二人は護衛のノートさんとマークさんです。後ろの人達は騎士爵様の領地付近で捕らえた野盗達で、オーゴの領主様のもとへ連れていく予定です」

「何!? それは本当か!? ちょっと待て、魔道具を持ってくる」

兵士はそう言って、兵舎に入っていく。

すぐに魔道具を持って戻ってきて、野盗達を確認していく。そうして案の定、騎士爵の息子を調べたときにざわついた。

一通り調べ終えてから声をかけてくる。

「野盗達の中に、騎士爵様のご子息が交ざっていたが……」

そう言って、門の中をちらっと見る。

門の中には士爵が先に進んでいた。

「その辺の話もあるので、士爵様も来たんですよ」

「いやしかし……」

「仕方ないだろう？ 人を殺したことがあるので、解放を勝手に決められなかったし、士爵様もそこは納得しているからご自身が来たってことだ」

兵士は混乱しつつも告げる。

「……では、これを持っていくと良い。至急面会が必要と思われる来客者に渡している割《わ》り符《ふ》だ。領主様に渡してくれ」

「ありがとうございます」

礼を言ったザックに続いて門をくぐり抜け、先に通っていた士爵と合流する。

士爵が尋ねてくる。

「少々時間がかかったようだが？」

「あんたの息子の件で、話を聞かれていたんでな」

「そうか。では、さっそくだが、領主様の所へ向かっていいか」

「宿の確保は？」

「それはあと回しにしてもらえないか？　一刻も早く話をしたい」

士爵の焦燥感が目に見えているな。

俺はザックに告げる。

「仕方がないな、先に済ませてくるよ」

「はい？」

「俺一人で向かうからザックとマークは……」

すると、マークが声をあげる。

「おいおい、できるわけがないだろう？」

「何がだ？」

「いや、何でそんなに不思議そうな顔をしているんだ？　お前を一人で行かせたら、十中八九、揉め事に発展するだろうが」

俺は少し目を逸らしつつ答える。

「そんなことはないぞ？　たぶん、きっと……」

「お前の言い分に説得力があるとでも？」

「……ちっ、わかったよ。じゃあ、ザックだけ先に宿の確保と、俺と従魔が泊まれそうな宿泊場所がどこか聞いておいてくれ」

「任されましょう。お気をつけて」

「了解」

さて、オーゴの領主はどんな人物なのかな？


士爵についていくこと二十分ほどだろうか？

ひときわ大きい屋敷にたどり着いた。

たぶんここが、領主邸か執務をする所なんだろう。門番がこちらを注視しつつも、周りの警戒を怠っていない……プロだな！　何のプロかは知らんが。

三人いた門番の一人が、士爵に話しかけている。

そして一言二言会話をすると、士爵は中に入っていった。

次は俺達の番だな！

「本日は何用かな？」

門番に誰何《すいか》されたので、街の入り口の兵士から預かった割り符を渡す。

「これは誰から？」

これに答えたのはマーク。

「街の入り口の兵士から預かった物になります」

「ふむ。では、領主様に取り次いでくるので、しばらくここで待っていてくれ」

待っていろと言われたら待つしかないので、ボーッとしながら待っていると、先ほどの門番が戻ってくる。

「領主様がお会いになる。あとをついてきてもらえるか？」

マークが如才《じょさい》なく返事をして後ろをついていくので、俺もそのあとを追う。従魔と野盗達は別の場所で待っていてもらう。

何回か角を曲がり、部屋に入っていく。


そこには士爵と、たぶんオーゴの領主が待っていた。

その領主らしき人物が尋ねてくる。

「君達かね？　士爵の息子を捕らえているというのは」

「そうだ」

「なぜ解放しない？」

ん？　何だかおかしなことを聞いてくるな。

「人を殺したことがある者を、罰を与えず解放してはこちらが捕まる」

「それはやり方しだいだろう？」

この時点で、俺は相手をアホ認定した。

俺は怒りを込めて言い放つ。

「バカ言わないでくれ。冒険者ギルド規約に反した行動を取ったら、おまんまが食えなくなるだろうが！　ギルドは国をまたぐ組織だぞ？」

「そうなったら冒険者を辞めて、国に仕えれば良いだろ？」

「はぁ、バカ相手に話すのは疲れるな。俺は国に仕える気は欠片《かけら》もない」

すると、マークが割って入ってくる。

「おい！　ノート！」

「何だよ？」

俺がマークの相手をしようとすると、領主が口を開く。

何だか妙に笑ってるな。

「いや、申し訳ないが、試させてもらっただけなんだ。あと、国に仕える意思があるのかも確認したくてな。しかし徹底して嫌がるんだな」

この野郎……まあ、こういう奴のほうが信用できるか。

俺は領主に尋ねる。

「試したのは良いが、どうするんだ？　捕らえている奴らは」

「もちろん、罪を犯したのだから相応の罰は与える。野盗どもは皆、犯罪奴隷だ……士爵の息子以外はな」

「おい！」

俺が声をあげると、領主が言い放つ。

「話は最後まで聞いてくれ。士爵の息子に関しては、士爵の嘆願もあるので奴隷にはしない。だがな、向こう十年間をここオーゴで過ごしてもらうつもりだ。一兵卒《いっぺいそつ》の中でも一番下の扱いとしてな。私の所で一から鍛え直す。これでどうだね？」

「なるほどな。貴族扱いをせず雑用として使う。それならば、多少は罪を償う機会もあるかもしれん。たとえば、報酬なしで街道沿いの魔物狩りとか……か？」

俺がそう言うと、領主はどこか楽しそうに答える。

「まあ、概ねそうだ。海の魔物とも戦ってもらわなければならんがな」

「海にも魔物がいるのか、なら、良い教育の場になりえるな」

「しかしそなた、そこまで考えが及ぶとは、さすがだな。本当に惜しいな、国に仕える気がないことが」

残念そうにする領主に、俺はため息交じりに言う。

「諦めてくれ。俺はあちらこちらを見て回りたいんでな。一箇所に長くいるつもりは今のところないんだ。最終的に良い場所があれば、拠点くらいは作るかもしれないが、まだこの国の一部しか見てないからな」

「留《とど》めるために言葉を尽くしたいところだが、そなたには逆効果だろうな」

「確かにな」

俺がそう答えると、領主は大きく息を吐いて言う。

「まあ、今は諦めよう。世界を見て回り、ここが拠点に相応しいと思われるのを期待している」

「それは、何とも言えないな。実際、世界を見ないことには」

「それもそうだな。っと、そうそう、忘れるところだった。野盗達の引き取り代金だ」

領主はそう言うと、かなり重そうな金の入った巾着を渡してきた。

中を確認せずに、アイテムカバンに入れる。

「見ないのかね？」

「領主が適正額を入れていると思っておくさ。元々泡銭《あぶくぜに》だからな」

「豪気《ごうき》だな」

さすがに疲れてきたな。俺は面倒そうに言う。

「あとは任せて良いのなら、失礼していいか」

「ああ、お疲れさん」

挨拶をして、マークと領主邸を出た。

宿屋に向かっている間中、ずっとマークから小言を言われていたが……解《げ》せぬ！　下手にペコペコしてあやふやになるよりましだろうに。

そうして宿屋に着いたのだった。

9　こぼれ話

ちょっと時をさかのぼる。

セドル村出発の前日。少しだけ時間があったので、商業ギルドにザックとマークに連れられて向かっていた。

ザックは、俺を商業ギルドのトップに会わせたがっていたからな。

「ザック、確認しておくが、これで会えなくても文句は言わないでくれよ？」

「ええ、大丈夫ですよ。商業ギルドのギルド長にはノートさんの意向は伝えてますし、来てくださったら、すぐにお会いするとの言葉もいただいてますので」

「俺としてはどっちでも良いんだけどな。雇い主のあんたの顔を立てて向かうだけだし、アイテムカバンにしたって、譲るつもりも売るつもりもないからな」

「わかっていますよ。商業ギルドのギルド長はそんな強欲《ごうよく》ではないですから、私は安心していますけどね」

「それなら良いんだけどな」

そんなふうに話し合いながら歩いていると、商業ギルドに着いた。

中に入り、受付で用向きを伝える。

「……ギルド長に面会ですか？　誠に申し訳ありませんが、お名前を伺ってもよろしいでしょうか？」

代表してザックが答える。

「私の名前は行商人のザックです。以前ギルド長が会いたいと言っていた人物を伴い、やって来ました。確認をお願いします」

「ザックさんですか……ちょっとお待ちいただけますか？」

そう言うと、受付の人は手元にあった書類をめくり始めた。

ザックに関する書類が見つかったのか、受付の人はこちらを見て、そしてザックを見て——俺達の特徴でも書いてあるのか、目を書類とザックと行ったり来たりさせる。

やがて納得したようで、口を開く。

「失礼しました。書類の確認が取れたので、ギルド長に話をしに行きます。ザックさんとお連れ様は、個室でお待ちいただけますか？」

個室に案内されて、お茶を用意されたあとに、職員は部屋を出ていった。ギルマスを呼びに行ったのか、話をしに行ったのだろう。

待って二十分だな。

とか考えていると、すぐに先ほどの職員が戻ってきた。

早っ！　二十分どころか二分だった！

「ギルド長はもう間もなく来られ……」

コンコンとノックの音がしたと思ったら、たぶんギルド長であろう女性が入ってきた。

まだ職員の台詞の途中だったぞ！　早すぎだろう！

遅いよりもいいけど！

何だ、ここのギルドは俺にツッコミをさせて疲れるのを待っているのか⁉

……はぁ、まあ良いや。

これで話のほうも早く終われたら良いんだけどな。

「大変長らくお待たせして申し訳ありません」

「そこまで待ってねえよ！　お茶も一口しか飲んでねえわ！」

はっ！　ついまた全力でツッコミを入れてしまった！

ギルド職員は苦笑いをしているし、ギルマスに至っては何やら満足そうにしてやがる！

「なかなか良い、キレのあるツッコミだね！」

ギルマスは笑顔で言ってきやがった！

何なんだ？　この芸人のノリのような人は！

「帰っていいか？」

「ああ、待って待って。話し合いもせずに帰ろうとしないでもらえる？」

「なら、早くその話し合いとやらをしてもらえないか？」

俺がそう言うと、小声で「良いツッコミだと褒めているのに」とか「キレのあるツッコミ、久し振りなのに」とか。

聞こえないいし聞きたくない！

だから、あざとくチラチラこっち見ながら言うな！

やっと諦めたのか、ギルマスは席に座って話を始める。

「さて、じゃあノートさんに単刀直入に話を聞こうかな？」

「答えられることならな」

「答えられる事柄だけだと思うけどね。まずは、行商人のザックさんが今持っている、あなたから貸与されているアイテムカバンなんだけど」

「売れって言うのなら却下だぞ？」

「ううん、それは言わないよ。少なくともそのアイテムカバンに関しては……ね」

「だったら何の話だ？」

「ズバリ！　そのアイテムカバンはノートさん、あなたが作ったんでしょ⁉」

この言葉に、ギルド職員とザックが驚愕の表情を浮かべ、マークは知ってるだけにその言葉に別の意味でびっくりしていた。

さすがに商業ギルドのトップになるだけあって、なかなか油断ができないな。

「何を言ってるのだ？」

「そのアイテムカバンはダンジョン産じゃなく、お手製だと言ってるんだよ？」

ギルマスはのほほんと尋ねてくる。

俺は冷静を装《よそお》って話す。

「だから、何でダンジョン産じゃないと言いきっているのかがわからないって、聞いているんだが？」

「そうだねー、理由は二つあるよ」

「何だ？」

「一つはね、そのアイテムカバンの生地」

「生地がなんだ？」

「新しすぎるんだよ。ダンジョン産の生地は、手に入れたときにはすでに薄汚れているのがほとんどなんだよね」

「全部じゃないだろ？」

「まあね。でも珍しく汚れてない物だったという可能性はほぼないって確信してるよ？　なぜならそれは大きさ数メートルの空間なんでしょ？　だいたい馬車くらいの」

「それくらいだったな」

「新品というか、綺麗な状態のアイテムカバンの容量は、少ない部類でもこのギルドがすっぽり入る大きさだし、そもそもそれは国が保管してるんだよ。つまり、容量が人工的なんだよね」

「そ、そうなのか」

ギルド職員とザックは、倒れそうになっているな。

最後まで持つのか、こいつら？

「それで二つめの理由なんだけど、そのアイテムカバンの元になったバッグなんだけどさ！」

「これがどうしたんだ？」

「私が作ったんだよね！」

トドメとばかりに、アイテムカバンを指差して言うギルマス。

「な、何で言いきれる？」

「ノートさん、職人をバカにしすぎ！　職人が自分の作った物を見分けられないとでも？」

そこまで聞いて、何も知らない二人がふらつく。

俺も頭を抱えていた。

まさかバッグの製作者だったとは。

「それで？」

「それでとは？」

「作った奴なら何だ？　何がしたいんだ？」

「今は特に何も？　今ちょっかいかけても、一ミリも得にならないでしょ？」

「なら何で、そんなことを？」

ギルマスは笑みを深めて言う。

「今から顔繋ぎしておいて、君が国も手出しできなくなるほど力を持つようになったら、アイテムカバンを売ってもらったり、才能のありそうな子に技術を伝授してもらったりとか？　まあ、何にせよ先の話だけど、早めに宣言をしておきたかったんだ！　敵対しないっていうのと、何かあれば相談に乗るよ、売買も含めてね！　っていうのを」

俺は頭を抱えつつ尋ねる。

「……そうか。だが、それを俺が信用できる保証は？」

「君がいつ来てもいいように、用意していた書類があるよ！」

そう言って三枚の書類を出してきた。

内容は大まかに言うと、次のような感じだった。

1. ノート・ミストランドの秘密を厳守する

2. 1は、今この場にいるすべての人間に適用する

3. 秘密が漏れた場合はどんな理由であれ、商業ギルドから違約金100億ダルを支払い、ノート・ミストランドの奴隷となる

細々した規約はまだあるが、大きいのはこの三点かな。

3が特にすごいな！

「どうだい？」

「これ、履行できるのか？」

「あれ？　この書類知らない？」

マークは心当たりがあったのか、教えてくれる。

「この書類はたぶんだが、誓約の魔法が付与されている書類だと思う」

「それは何だ？」

「誓約の書類は、記載されていることを誰かが破れば、その破った者には死が訪れる。普通は国同士の契約などに使用される、最上級の契約書類だ」

「そんな物を用意したのか？」

驚いて俺が問うと、ギルマスはなぜか嬉しそうに答える。

「それくらいしないと信用してもらえないでしょ？　それに、その価値は余裕であると私は考えているよ！　すぐには無理でも、そのうち定期的にアイテムカバンを手に入れられるようになるかもしれないんだし」

「それはまた、随分と高く評価されたものだな」

「ノートさん、アイテムカバンの相場知らないでしょ？」

いや、前に冒険者ギルドで教えてもらったな。

「ザックに渡してあるアイテムカバンで家が買えるくらいだったか？」

「それの値段がわかるかな？」

「100万ダルくらいか？」

「小さい家ならそれくらいかもしれないけど、一般的な家の値段で算定されるなら300万ダルくらいだし、そのアイテムカバンの値段も売値はそれくらいになると思うよ？　行商人でも倍の荷物を運べるようになるから、一、二年くらいで元が取れるんじゃないかな？」

そんなにするのか！　っていうのと、それくらいで元が取れるのか！　っていうのとで俺は驚いてしまう。

「だから、どれくらいの大きさまで作れるのかわからないけど、仮にそのアイテムカバンの三倍の大きさを作れるとしたら、千個ほどで違約金が完済できるくらいになると私は見ているよ？」

探るような目で見てくるギルマス。

やっぱり油断ならないな！

「まあ詳しくは聞かないけど、契約はしてほしいかな？」

俺はギルマスから視線を逸らし、マークのほうを見る。

「マークどう思う？」

「どう思うと言われてもな、私の手に余る案件だぞ？」

「とはいえ、書類が三枚あるってことは、ギルマスと俺と他に一人いるわけだろう？　だったら、ザックではダメだから、書くのはマークになるんじゃないか？」

「うぐっ、そうなるかもしれんな。契約は別に構わないとは思うぞ？　現状では、お前に対する守秘義務にしかならないからな」

「そうか、なら契約しておくか」

俺がそう言うと、ギルマスは嬉しそうな顔をする。だが、一応釘は刺しておく。

「この契約書類には、定期的にアイテムカバンを売るとは書いてないから、俺の気分しだいだ、ってことは忘れないでくれ！」

少し残念そうにするギルマスだが、俺も鬼じゃない。

ギルマスに少しだけ良い話をしておく。

「ただし、売るときは……名前は？」

「私？　私はエリアだよ」

「売るときは、セドル村の商業ギルドのギルマスである、エリアに売ることにしよう。専売にはしないが、優先はしよう」

「それでも良いよ！　じゃあ、さっそく署名しようよ！」

エリアが署名して、マークが確認して署名して、俺が最後に署名する。

三枚の書類に違いがないか、しっかり確認した。浮き文字等も魔法でマナに確認してもらったので、大丈夫だろう。

署名後、一人一枚ずつ保管する。

ギルマスだけあって、アイテムカバンを持っているようだし、マークにも小さいが渡してあるから、二人ともそれぞれアイテムカバンに入れていた。

俺は、アイテムカバンに入れる振りで、いつものごとく【アイテムボックス】に入れる。

それを確認してから、ギルマスが声をかけてくる。

「時間を作ってくれてありがとう。君の今後に期待しておくよ！」

「俺は好きに生きられたらとしか考えてないから、期待されてもなあ」

そう言うと、ギルマスが話す。

「この世界で好きに生きるには、どの権力をもはね返す力がいるよ？　それこそ誰も彼も、何らかの権力の下で生きているからね！　好きに生きるって言葉を言う時点で期待できるよ！」

この人、やたら褒めてくるな。

「まあ、それはそのときに考えるわ、じゃあこれで失礼する」

「はいはーい、お疲れ様！」

「そうだな、そうするよ」

そう言ってギルドから出て、宿屋のザックの部屋に戻る。

従魔達に途中で飯をやりながら、夜更けまで三人で話し合った。

おかげで出発の日が寝不足になった！

締まらねえなー。

第2章

海の見える街オーゴ

Yosoji no ossan, Kamisama kara cheat skill wo 9ko morau

10 オーゴ滞在一日目

宿屋にたどり着くと、ザックが食堂で待っていた。

「お疲れ様でした。野盗を引き渡してきたようですが、どうなりましたか？」

そう労いの言葉をかけてくれた。

俺と一緒に戻ってきたマークが答える。

「ノートがいきなりオーゴ領主に喧嘩を売る言葉を吐いてな。私のほうが寿命が縮む思いをしたくらいだ」

「ノートさん、それはいくら何でもないですよ。よく無事に戻ってこられましたね」

何か悪者にされてるから詳細を教えたが、評価は変わらなかった。領主のほうが先に試してきたんだぞ？

なぜ俺が責められる？

変わらない評価よりも、今日の寝床がどこになるのか気になったので聞くと、別の宿屋が持っているコテージのような所でなら、従魔達も一緒で良いらしい。

ただし少々お高いのと食事代は別料金らしいが、今の俺なら十二分に払えるので場所を教えてもらい、あとで向かうことにする。

ザックが突然礼を言ってくる。

「それではノートさん、道中の護衛ありがとうございました！　これが報酬になります」

そういえば護衛はオーゴまでだったな。

無言で差し出された巾着を見ていると、ザックが不思議がる。

「あの、どうしました？」

「いや、冒険者ギルドを通したほうが良くないか？」

「ああ、すみません。気が急《せ》いていました。そうですね、今からでも大丈夫ですか？」

「ちょっと待ってくれ」

俺は従魔達に念話で尋ねる。

『夕飯、もう少しあとでも大丈夫か？』

『我は大丈夫だ。やることを終わらせてからで構わないぞ？』

『私も大丈夫～』

『おなかすいたの～』

『僕も少しお腹が空いています』

腹減ってないかと思ったが、やっぱりチビッ子従魔達は子供な分、我慢が利かないか。

『少しだけ食べたら待てるか？』

『たべたいの～』

『少しでも食べれたら我慢できます！』

チビッ子達には軽く与えておくかな。

俺はザックに話す。

「ちょっと時間をもらえないか？」

「大丈夫ですが……どうしました？」

「チビッ子従魔に少しご飯というか、おやつを食べさせる時間が欲しい」

「なるほど、どうぞ。若い分、我慢できないのでしょう」

「その通りだ」

俺は笑いながら、チビッ子従魔達にお肉を少し与える。ものの数分で食べ終えた。

その後、冒険者ギルドに向かって、マークや従魔達を含めた全員で移動する。

ピークの時間がずれていたためか、受付はあまり人は並んでいないので、すぐに順番が回ってきた。

「お次の方どうぞー」

ザックを先頭に窓口に行く。

「本日はどのようなご用件ですか？」

「護衛依頼完了の報告と、報酬の受け渡しです」

「わかりました。では、依頼書類の提出をお願いします」

ザックと俺がそれぞれ書類を渡す。

「はい、確認しました。書類の不備はありませんが……」

言い淀《よど》む受付に、俺は何かあったかと問う。

「どうした？」

「いえ、双方の書類が同じなので、虚偽はないでしょうが……その、あの」

「何だ？　何かまずいことでもあったか？」

「いえ、まずくは……ないのでしょうが、その、お値段が……」

受付の職員は俺の報酬が安すぎることに困惑しているらしい。

「ああ、それか。構わない、処理を頼む」

「いや、まあ、冒険者側からの処理依頼なので行いますが、これ最低限だったので本当なのか？と考えてました」

「そうだろうな。受けたときも言われたしな」

「失礼なことを伺いますが、そこまでお金に困ってらっしゃるのですか？」

本当に失礼なことを聞くな。

「いや、どちらかというと持っているほうだと思う。少なくとも俺のランクだと、特にな」

「なら、何で依頼をお受けしたのですか？　……いえ、詮索したいわけじゃなく、単純に好奇心なので、お答えいただかなくても良いのですが」

「聞きたいって顔に書いてあるぞ？　まあ良いさ、答えは単純だ。移動速度を買ったまでだ。ファスティからオーゴまで徒歩移動だと約二ヶ月かかると言われたが、馬車だと一ヶ月だったからだな」

「そうだったのですね。すみません、込み入ったことをお聞きして」

「良いさ。とりあえず処理を頼むよ。従魔達の飯の時間が迫っているし、宿屋を確保したいんだ」

「あっ、すみません。すぐに処理します」

受付が二人で渡した書類に書き込んで、改めて報酬を受け取る。

たぶんギルドの手数料か、税の分、もしくはその両方が引かれているんだろうな。

職員が尋ねてくる。

「内訳を説明いたしますか？」

「いいよ、予想はつくから。あれだろ？　たぶん手数料とか税を引いたんだろ？」

「その通りですが、引いた分の内容は聞きませんか？」

「全部なくなったわけでもないし、たぶんギルド一割、税二割ってとこだろ？」

「よくわかりますね？　初めてですよね？　護衛依頼というか、長期依頼を受けるのは」

「まあ、気にすんな」

「わかりました。気にしないことにいたします」

「じゃあ、これで終了で良いのか？　ギルドで行うことは」

「はい、ギルドでの処理は終わりになります」

「わかった。世話になったな」

「お疲れ様でした。またのお越しをお待ちしております」

「ああ、また来るよ。買い取りとかお願いしたいしな」

そう言って、全員でギルドから出る。

ザックとマークは先ほどの宿屋に戻るとのことなので、ここで別れる。

まあ、マークからは、俺の滞在先に明日行くからとは言われたがな。

ザックも良い奴だったし、しばらくはここに滞在するようだから、また会おうと言って、俺と従魔達はザックに聞いた宿屋に向かう。

◇

そういえば、ザックにアイテムカバン預けたままだったな。

この辺のはずなんだが。

近くを歩いていた人に聞くと、もう一本奥の道だったらしい。

しばらく歩くと見つけた。中に入り、宿泊の旨を伝え、従魔と泊まれる施設をお願いした。

お値段は、なんと一日1万ダル！

ちょっと高いが、物が壊れたとき用の値段設定らしい。

とりあえず一週間で頼むと、店主が申し訳なさそうにしている。というのも、本日の夕食は用意できないとのこと。だが、無問題《モウマンタイ》。食事が必要なときには、その前の食事のときに声をかけてほしいとも言われたが、無問題《モウマンタイ》！

買い食い以外は、よほどのことがない限りは自炊だからな！

そんなこんなでコテージに入ると、なかなか良い感じだった。

従魔達の評判も良い！　まあ、従魔達にはしばらく好きにさせて、俺は食事の用意をしようと、キッチンらしき所を見つけ、準備を始める。

やっと少しは落ち着けるかなー、なんて考えながら作っていった。

さてと夕飯も用意したし、全員で食べるとするか。

従魔達の所に移動して声をかける。

「おーい、飯できだぞー」

ライ、アクア、マナ、ヴォルフの順にやって来た。

うん、チビッ子従魔達はまだまだ腹が減っているようで、すごいスピードで来たな。

全員の皿を出してやり、食事を始める。

待たせた分、心持ち多めに出したから、みんな満足したようだった。


食後、各々好きな所で寛いでいる。

ヴォルフはベッド横のカーペットの所で伏せているし、ライは止まり木っぽいけど、たぶん服をかける物に止まっている。

マナとアクアはベッドの上で垂れているな。

そんな様子を見ながら片付けを終わらせ、久し振りにゆっくりできると思ったのだが、少しホッとしたのがいけなかったのか、無性に一服したくなってきた。

……吸おうかな？　買うか？

考えれば考えるほど、辛抱たまらん感じになってきた。

その様子を見ていたのか、ヴォルフが尋ねてくる。

『主、どうしたのだ？』

「ん？　ああ、いや、前の世界にいたときに、習慣になっていたことがあってな。それをやりたくなってさ」

『やればよかろう？』

「いや、かなりの臭《にお》いが残るんでな、お前達が嫌がるかもしれんから、悩んでいたんだよ」

『臭《にお》い？　何なのだ？』

　こう聞かれては、見せたほうが早いか？

　ある種の開き直りに近い感覚になって、さっそくスキルの【タブレット】で一つ購入して開けて、ヴォルフに近づける。

　タバコである。ちなみに、とある銘柄のメンソールだ。

　なぜこの銘柄かというと、俺のニックネームに由来している。

　俺の名前は憲人《のりと》なんだが、「憲」を音読みして「ケント」という渾名《あだな》で呼ばれていたんだ。それに関係して、タバコの銘柄を選んだというわけだ。

　それはそれとして、ヴォルフはどんな反応するかな？

『むっ、確かに臭《にお》いがあるな。我慢できる程度だが』

「これに火をつけて吸うともっと臭《にお》いが強くなるし、なかなか取れないんだよ」

『むむっ、しかし主には良いものなのだろう？　我らが……』

「体には悪いかもな」

『なら、なぜ欲する？』

「こればっかりは、言い表す言葉が難しいな。みんなにわかりやすく言うならば、すごい飢餓感《きがかん》に襲われるような感覚かな？」

『それはつらかろう。ならばやっても良いのではないか？　下手に我慢するほうが体に悪いかもしれんし、この世界ならば多少の傷病は治せるしな』

「良いのか？」

『できれば、我らのいない場所でやってほしいがな』

「それは大丈夫だ。言っただろう？　臭《にお》いが落ちないと。部屋の中にも残るから、最初から外で吸うつもりだったしな」

『ならば構わないだろう。我らは中にいることにしよう。皆、良いな？』

『わかったー』

『わかりました』

「サンキュー、みんな」

そう言って、外に出て一ヶ月以上ぶりのタバコを吸う。

久し振りだから最初はむせるかと思ったが、普通に吸えたな。こうなると、缶コーヒーも欲しくなる。

買おう。

タバコを吸って、コーヒーを一口……

「美味い！　たまらないな！」

ふう、最初はこの世界に来てどうなるかと思ったが……従魔達は良い奴らだし、マークには悪い

が、あいつの知識も俺には必要だし、もうしばらく付き合ってもらうとするか。

タバコを吸い終わり、購入した灰皿に押しつけて火を消す。

吸い終わっても、しばらく余韻《よいん》を楽しむのと、少しでも臭《にお》いが落ちるのを待つために、チビチビコーヒーを飲みながら、時間が経つのを待つ。

よし、戻って寝るかな？

コテージ内に戻りにベッドに入りながら、魔法で何とかできないかと考えているうちに意識を手放した。

◇

……朝か。とりあえず朝食は、オーク肉とブルーブルの切り落とし部分をミンチにして、デカいワラジハンバーグを作るか？

俺のはハンバーガーにしても良いかな？

よし、あとは焼くだけにしたし、皆が起きたらできたてを食おう！

一番我慢が利かないのがアクアだろうから、腹減ったら起きるかな？

三十分ほどでアクアも起きたし、焼きたてを食う。

美味い！

俺のは、この世界のキャベツであるキャベットを挟んでいるけど、肉の味がすごい！

満足してマッタリしてると、マークがやって来た。

「今、大丈夫か？」

「ああ、朝食も終わって食休みしてるだけだから構わないぞ」

「なら邪魔するぞ？」

「で、朝から何の話なんだ？」

「これからのお前の行動を確認しておきたい。何をするか聞いてないと、私もどうフォローに動けば良いのかわからないからな」

「昨日の今日だから何も考えてないぞ？　しいて言えば、ここで海の食べ物を食べてみようかな、くらいだな。あとは面倒事がやって来ないなら、十日ほど狩りや採取等して旅費稼ぎかな？　ここも一括で一週間の宿泊費は払ってるし」

するとマークが妙なことを言ってくる。

「そうか、なら、お前が嫌でないなら、私もこっちに寝泊まりしていいか？」

「それはいいが、何でまた？」

「別の所にいたら何かあったときに気づけないうえに、どこかに行かれでもしたら、私も冒険者として生きていくしかなくなるからな」

ジト目で見てくるマーク。

俺を子供みたいな扱いをするな。失敬な奴だな！

……とは言えないかな。まあ、俺としても昨日考えていたように、まだまだマークに教わることも多いだろうから好きにさせておこう。

「わかった。いつ頃移動してくるんだ？」

「昼くらいかな。ザックさんにも挨拶してから来るから」

「わかった。鍵を渡しておく。俺達は出かけるから。お前が来るまでは鍵が開いてても盗られる物はないしな」

「わかった。預かっておこう。その後は、ファスティの子爵様に報告書でも書いている。食事も適当に買ってから来るから、お前達が帰ってくるまではいるとしよう」

「じゃあ、それで頼む。俺達はそろそろ出かけるから、適当に使っててくれれば良い」

俺と従魔達はて、思いつきで冒険者ギルドに向かうことにした。

何もなければ良いんだがなー。

海の幸食いたいし！

11　冒険者ギルドに行こう

さて、冒険者ギルドに着いたし、依頼板でも確認しようかな？

何か面白そうな依頼か、美味しそうな依頼があれば良いんだけどな！

依頼を見ていくと、さすがに海に面した街だなあ。海の魔物依頼とかが、そこかしこにあるな。

んー、ビッククラブとか気になる。

でも、どんなのかがわからないから、今日は普通に陸の魔物か採取にして……久々に【タブレット】でここら辺の魔物の詳細を調べようかな？

いつもは面倒くさいから、ヴォルフ、マナ、マークの誰かに聞いてるんだけど、やっぱり余裕があるときは自分で調べないとな！

……というわけで、今日はオークさんを狩りに行くことに決めた。

付近での発見報告があったようで、依頼を出してるみたいだけど、ここはそこそこ高ランク冒険者が多いため、逆に余ってしまったっぽいし。こいつら増えると厄介だしな！

さっそく受付に行き、依頼表を見せる。

受付職員から一人で受けるのか問われたんだが、従魔達とCランクギルド証を見せると、そのまま受付処理をしてくれた。

余計なことを極力聞かない人はいいね。面倒が減りそうで好ましい！

受領票をもらい、さて行こうかと思ったら、海の男って感じの二十代後半から三十代前半くらいの男から声がかかる。

「よう！　お前、この辺じゃ見ない顔だな？」

厄介事か？　と思いながら返答する。

「昨日この街に着いたところだから、見たことないだろうさ」

「はっはっは！　そうか、昨日来たばっかりのルーキーか？」

「それは年としてか、冒険者としてか？」

「さてどっちだろうな！」

従魔達をチラリと見ると、特に反応してない。

敵意はなさそうだし、もう少し付き合うか？

この場合は、その場所のギルドで一目置かれてる先輩冒険者とか、面倒見が良い冒険者とかがテンプレだったな……ラノベでは。

「教えるのは良いんだけど、こっちだけ情報を出すのは嫌だから、あんたの名前とかも聞かせてよ」

「ん？　はっはっは、すまんすまん。俺の名前は、ディラン。Ｃランクでパーティ『海《うみ》の男《おとこ》』のリーダーで二十九歳だ！」

うん、やっぱり面倒見が良い部類かな？

しかし、冒険者なのか漁師なのかわからないパーティ名だな。

「ありがとう。俺の名前はノート。Ｃランク。ソロの従魔師兼、魔術師ってところかな？　剣も使うことがあるけど、護身用みたいなものだ」

「ほお、見た目はルーキーっぽいけど、ランクはベテランか。しかもソロで？　従魔師と魔術師？面白いな！」

ディランは、このギルド内ではそこそこ「顔」なのかな？

驚いてはいるものの、テンプレみたいに絡んでこようとはしないいな。まあ、そういう輩《やから》ならヴォルフが真っ先に気づいて警戒するか。

ディランはさらに続けて聞いてきた。

「それで？　今日は何をしに来たんだ？」

「今日はオークを狩ろうかと思っている」

「オークか……あれは発見報告があっただけで、まだ確認されてないんだろ？　いなかったら報酬ゼロの塩漬け依頼じゃなかったか？」

「それでも良いと思っている。いなけりゃいないで調査範囲を報告して、行き来で薬草採取でもするから」

「それだと金にならないぞ？」

「今はそこまで旅費に困ってないから、別に良いよ」

「まあ、それなら良いさ。何かあれば、俺に言ってみな！　金のこと以外なら相談に乗るぜ！　はっはっはっは！」

「だったら、海の食い物の美味い所を教えてよ」

「ん？　まだ食ってないのか？　そりゃいかんな！　それなら『海鳥《うみどり》』って店に行ってみな！　そこそこの値段で美味いもんが多いぜ！」

そんな話をしてると別の人間がやって来る。

「そこも良いが、『海人《うみんちゅ》』も美味いもん多いぞ！」

それを聞いたディランも頷きつつ言う。

「ああ、そこも美味いもんあるな。ただ『海鳥』よりも若干高めだけどな」

すると、また別の人間がやって来る。

「安くて、美味くて、腹を満たしたいなら『海原《うなばら》』が良いんじゃないか？」

「「それだ！」」

声を揃える周りの冒険者達。

うむ、やっぱりディランは顔役なのか。周りの人間も絡んでこないし、気の良い奴らが多そうだな！

「なあ、あんた。持ち合わせがあるなら、『海王《かいおう》』もすすめるぜ！」

「確かに！　金があるならおすすめできるな！」

また、周りの冒険者達が声を揃えて言う。

んー、増えすぎて、どこに行くか逆に迷うな。

どの店に行っても、ハズレはなさそうだけどな！

「ありがとう。順番に行ってみるよ！」

「金は大丈夫か？　特に『海王』は夜だと1万ダルはかかるぞ？」

「装備を替えようと思って貯めてた金があるし、売り物になりそうな物もあるから、一回、二回くらいなら大丈夫だ！」

「そうか。なら『海王』は最後にして、あとは適当に行けば良いさ！　今挙げた店は、おすすめ料理がかぶらない店だし楽しめるぞ!?　はっはっはっは！」

「そうする。とりあえず、オークの発見報告があった辺りの調査に行くよ。楽しみはあとにして、いったんは仕事」

「しっかりしてるな！　他にも何かあったら言いに来な！　わかる範囲なら教えてやるよ！」

「そんときは頼むことにするさ」

「おう、頑張ってこいよ！」

そう言って、オーク発見の地点に向けて移動を開始する。

しかし、気の良い奴らが多かったな。

いや、あれもディランのおかげか？

ははっ！　俺がトラブルを起こさず大人しく話を聞いてたとわかったら、マークはどんな顔をするのか？　考えたら笑えてきた！

油断はできないが、顔役のディランと出会えたのはラッキーだったな。

◇

とりあえず街から出て、オークの発見報告がされた場所に向かうんだが……

「ディラン、何か用か？」

そう、ギルドを出てからずっとついてきているんだよな！

「気にすんな！　はっはっは！」

「いや、気になるわ！」

「まあ、俺に目をつけられたんだ。諦めろ！　はっはっは！」

「何のつもりなんだ？」

「何、お前の戦いぶりを見て、大丈夫そうなら帰るから、俺はいないものと思えば良いさ！」

……くそっ、悪い奴じゃないのは確かだが、若干面倒くさい。

ディラン、過保護系の奴か！

何が面倒くさいって、見られている以外にこっちに不利なことがないのが、なおさら面倒くさい！

まあ仕方ないな。今の俺は生意気なよそ者なんだろうしな。

鏡をまだ見てないから、自分の容姿がわかってない。どれだけ若返ってるのかもわからんが、きっと年下に見られてるな。こんなことなら、鏡を見とくべきだったな。

そんなことを考えていると、発見報告があった場所に着いたようだ。

地図に載っている発見場所と街の位置と周りの様子から、ここで間違いないと思うが……まあ大きくは外れてないはずだから、ここから円を描くように少しずつ北に移動しよう。

ちなみにライが上を飛びながら念話で報告してくれているので、場所はわかった！

このまま行けば二周目の一番東側が、対象を目視できる距離になるはず。なので、さくさく歩いていく。この間に、ヴォルフに念話を送り、ある程度接近したら警戒するように頼んでおく。

ディランは邪魔になることはないだろうし、好きにさせておこう。

「なあ、ノート？」

「何？」

「もっと周りを見ながら歩かないのか？」

「俺自身には索敵のスキルはないから、こうやって円を描くように少しずつ前に進むようにしてるんだ。だが、敵が近づけば上にいるライか、ヴォルフが教えてくれる」

「そうなのか、じゃあ上にいる鳥系統の従魔とその狼系統の従魔が索敵要員か？」

「ヴォルフはどちらかというと前衛だけど」

「そうだよな」

そんな話をしていると、予定通りにヴォルフが警戒を始めた。

『主、そろそろ近いぞ』

了解。

戦闘準備を始めたところで、ディランが尋ねてくる。

「どうしたんだ？」

「たぶんオークが近くにいるんだと思う」

ヴォルフを見て言うと、ディランが問う。

「手を貸すか？」

「危ないと思ったらお願いするけど、大丈夫だろうな」

「なら、お手並み拝見」

少しずつ前に進みながら、ヴォルフがコースを見定める。

ライは他にもいないか探しに行ってもらったので、ヴォルフと俺とで戦い、アクアには後ろを見ててもらう。

こっちからはオークが見えてるな。さっそく俺が風魔法を撃って、それからヴォルフに近づいていくように指示する。

風魔法はイメージ通りに放てた。さっそく二匹ほど残して倒せたようだな。

残りをアクアに倒させる間は、ヴォルフに周りを見ていてもらう。

よし、終了っと。

ディランのほうを見ると、彼は呆けた顔をしていた。

「終わったと思うけど？」

「いやいやいや、お前！　おかしいからな！」

「何が？」

「何が？　じゃなく、何だあの魔法は！」

「？　風魔法？」

「それはわかってる！　あの威力と無詠唱って……」

「とはいっても、他のやり方を知らないからなぁ」

「お前、今までよく無事に冒険者やってこられたな。普通は国に囲われててもおかしくない手練《てだ》れじゃないか……」

国に囲われるのは避けたいな。

「そしたら全力で逃げる」

「偉くなりたいとか……」

「ない！」

「何で冒険者やってるんだよ？　冒険者は大なり小なり、偉くなりたいと考えてる奴が多いぞ？」

「自由にあちこちに行けるから」

淡々と答える俺に、ディランは呆れ気味だ。

「それが望みなのか？」

「そう。俺は世界のあちこちを見て回りたいんだ！」

「……そうか。それも良いな。俺も若い頃はあちこち見に行きたいと思ったもんだ」

「やれば良いじゃないか。今からでもできないことはないんじゃないか？」

俺がそう問うと、ディランはどこか寂しそうに、だが誇らしげに言う。

「一人なら考えるが、嫁や子供がいるから無理だな」

「家族がいるなら無理か……」

「それよりも、これどうするんだ？」

ディランは話を切り替えるように、オークの死体の山を指差している。

俺は平然と答える。

「ん？　持って帰るぞ？」

「いやいや、何体あると思ってるんだ！」

「ああ、俺、アイテムカバン持ってるからそれに入れて帰る」

「お前、そんなのも持ってるのか⁉」

「まあ、気にしないでもらえると」

「……わかった」

話をしながら、アイテムカバンに入れていく。

よし、終わったし、帰り道がてら薬草採取しながら戻るかな。


アクアがお腹が空いたと訴えてくるので食事にする。

みんなには念話で、今狩ったオークにすると伝える。

「ディラン、解体できる？」

「ああ、ある程度の獲物ならできるぞ」

「ここで、一体だけお願いできないかな？」

「わかった。やってやろう」

ディランに解体してもらってる間に、俺はちょっと離れた所まで行って、料理用の素材の採取に専念する。

そこで、見たこともない草を見つけた。

スキルの【鑑定】で調べてみると、「肉の旨味を増し、柔らかくする」とのこと。オーク肉に使えるかと思って多めに採取しておいた。

「おーい、解体が終わったぞー」

呼ばれたのでディランの所に戻ってくると、彼は不服そうにしていた。

「どうしたんだ？」

「うーん、美味い部分の一部を潰しちまった。すまねえ」

俺の目には違いがわからなかったが、ディラン的には納得がいかないらしい。

「気にしなくても良いさ。俺達で食う分にするだけだし」

「これだけあんのに、売らないのか？」

「売るなら一体丸々持っていくし。オークはまだあるからさ」

ディランが尋ねてくる。

「それで？　これをどうするんだ？」

「焼いて食う」

「周りから他の魔物が来ないか？」

心配そうにするディランを安心させるように言う。

「この辺の魔物なら、ヴォルフがいれば大丈夫だ」

「そんなに強いのか、その従魔は？」

「俺が冒険者登録する際、試験しようとしてきたBランク冒険者をして、『……瞬殺される』と言わしめたからな。かなり強いと思う」

それどころか、ヴォルフは聖獣で、国家すら潰せるからな。

やらせないけど。

「それなら大丈夫か、じゃあ俺にも少しもらえないか？」

「？　何言ってんの？」

ディランが唐突に言ってきたので、俺は返答する。

しょぼくれてしまうディラン。

「……俺も腹減ってきてんだ」

ディランは勘違いしてるな。

「最初から、ディランの分も一緒に作るつもりだったけど？」

少しポカーンとした顔をして、ディランは「良いのか？」と聞いてきた。

俺は、もちろんと首肯《しゅこう》する。

さて、アクアの我慢も限界に近いだろうし、さっさと作るか。

さっき採取した草はどう使うかわからないが……いったん肉に塩を振って草で挟んで、少しの時間置いてみよう。

その間に、火の用意をして鉄板を設置。良い感じに火力が上がってきたので、肉から草を外して焼いていく。

塩のみの味付けだが、草の効能か、肉って匂いが漂ってくる。

しばらくすると焼けたようなので、全員の皿に肉を載せていく。

この世界の食材のみでの料理というのは、じつは初めての試みのような気がするけど、見た目は美味そうだなー。

さて、ディランがいるから、シンプルな塩味だけにしておくか。引かれても面倒だしな。従魔達にはあらかじめ塩のみだと言っておいたが、大丈夫かな？　干し肉に比べたら、不味くはないと思うが。

不安に思っていても仕方ないし、まずは俺が食ってみるか！

肉を一切れ口に入れる。

……モグモグ。

普通に美味い！　塩と肉以外の味が微かにあるな。

あれか？　さっきの草の効果か！

確か「肉の旨味を増し、柔らかくする」だったと思うが、肉の余韻は残しつつ口をさっぱりもさせてくれるから、いくらでも食えそうだ！

従魔達のほうを見てみると、美味そうに食べ進めているが……足りそうにないから、追加を焼いておこう。

ディランがどう思ってるのか確認してみると……まだ食っている！

つーか、自分で焼きながら食ってやがる！　まあ、かなり多く仕込んでいたから、在庫にはまだ余裕があるから良いけど。

しばらくして皆食べ終えた。

水を飲んで一息ついたディランが、声をかけてくる。

「おい、ノート！　こりゃなんだ！」

「オーク肉？」

「それはわかっている！　さばいたのは俺だしな！　じゃなくてこの味だ！」

「塩とこの葉っぱだけだけど？」

「塩を使ってるのはわかったが、何だその葉は？」

「知らない。【鑑定】で『肉の旨味を増し、柔らかくする』って出たから使ってみた」

「お前な。知らん物使うって、もし毒でもあったら……いや待て、今【鑑定】って言ったか？」

「言ったな」

「……はあ、もう何でもありだな、お前」

「何でもはないけどな」

「言ってろ！　一般的な冒険者から見たら何でもありだよ、お前は！　それで？　この葉っぱは何ていう名前なんだ？」

「知らない！」

「せめてそれくらい調べろよ！」

ディランからツッコミが入った。

「いやあ、葉の効能と毒の有無だけ調べて使ったんだよな。片っ端から【鑑定】しながら採取してるときに、『肉の旨味』って説明がチラッと目に入っただけだからな」

「これはなかなか面白い発見なんだから名前を調べてくれ。冒険者の中で使う奴も出てくるかもしれないぞ？」

「わかった、調べてみるとしよう」

・ソレル　×1
酸味の成分が肉を柔らかくし、肉の旨味を引き出す。

整腸作用もある。

セレスティーダ各地に生えている多年草。


ソレルか、前の世界にも同じ物があったな。日本ではスイバという名前だった気がする。役割は、塩麹《しおこうじ》っぽいな。

あちこちに生えてるなら、ここのをたくさん採っても大丈夫だよな？　根こそぎはダメだとしても。

「わかったか？」

「ああ、ソレルって名前らしい。肉を柔らかくする作用と旨味を引き出す作用、そして整腸作用もあるらしい」

「なんだその良いこと尽くしの効能は！」

「俺に聞かれてもな。それよりも俺はここらにあるこの葉っぱの採取をするけど、ディランはどうする？」

「それ、終わったら帰るんだろ？　だったら待っているさ」

「わかった、すぐに終わらすよ」

その後、ある程度確保できた。


街に戻って、依頼完了の報告をするためにギルドへ行く。

受付の人が俺を覚えていたらしく、結果を聞いてくる。

「どうでしたか？」

「小規模の群れがいたので討伐してきた」

「群れですか？」

職員がチラッとディランのほうに目線を向ける。

「本当のことだ。俺もついていって確認している」

「そうですか。では、あちらで討伐したオークの証明部位を提出後、ここに戻ってきてください」

「部位を切り分けてないいんだけど？」

「はっ？」

受付嬢は驚いたような声をあげる。変なことを言ったつもりはないんだがな。

ディランが助け船を出してくれる。

「こいつは、どデカいアイテムカバンを持っているんだ。そのまま持って帰ってきた」

「そうなんですか。いずれにしても解体所に持っていって、討伐証明部位を提出後、ここに戻ってきてください」

「わかった」


受付を離れ、解体所にやって来た。

何だか「親方」って呼ばれてそうなおっちゃんが声をかけてくる。

「どうした、何か用か？」

「受付で、ここで魔物を出すように言われて来たんだけど？」

「その魔物はどこだ？」

「アイテムカバンの中にある。どこで出したら良い？」

「そうか、何を持ってきたんだ？」

「オークだ」

「なら、こっちに出してくれ」

指示された場所に、オークの死体を出す。

食事のときにディランに解体してもらった個体を引くと、八体あったようだ。

「これで全部か。では、討伐証明部位の預り証を渡しておく。今日中は厳しいから、明日の昼にでも来てくれ。それまでには終わらせておくから」

「わかった。基本的にはそのまま買い取りでいいが、肉は半分は戻してくれ。従魔達の飯に使うから」

「おお、わかった」

その後、受付に討伐証明部位の預り証を見せ、依頼料をもらって帰る。

ディランから「お守《も》りはいらないな」とお墨付きをもらって、ここで別れた。

◇

今日の仕事は終わったけど、夕食には少し早い。

ザックが泊まっている宿に行って、話をしておくとするか。

「ノートさん、いらっしゃい。アイテムカバンのことですね？」

「まあ、そうだな」

そうそう、アイテムカバンのことはいずれちゃんとしなきゃと思っていたんだ。ザックには一応、貸してるだけだからな。

「ノートさんさえ良ければ、売ってもらえませんか？」

ザックがそう言ってきたが、これはある程度予想していた。

「まあ、そのアイテムカバンの大きさは大したことないし、ザックはある程度信用してるから構わないが……一つ問題があってな」

「何ですか？」

「相場がわからない。前の村で聞いた値段だともらいすぎのような気もするし、作り手の俺としては、他の人間とあまり差をつけたくないが、安くしても良いと思ってもいるんだ」

するとザックは平然と言う。

「100万ダルは用意してますので、おっしゃってください」

「じゃあ、10万ダルで良い」

「……そんな値段で良いのですか!?」

びっくりして大きな声になるザック。

俺としては本当にその金額で良いんだが……さて、どう説得したもんかなー。

「ノートさん、いくら何でも安く売りすぎでは？」

「とは言ってもな。俺からしたら元のカバンの値段からして、これでも高すぎると思うんだけどな」

「元のカバンの値段？」

「そうだ。そのカバン自体は市で買った物だから、高級品でも何でもないんだよ」

「そういえば、セドル村の商業ギルド長が作った物って言ってましたね」

ザックが困ったような顔をしている。

「馬車に乗るための急拵えの物に過ぎないんだ。正直、送り届けたら廃棄する予定だった。アイテムカバンの価値を知らなかったからな」

「……はあ、私との常識が違いすぎて頭が痛くなりそうです」

ザックはそう言って頭を抱えた。

「すまんな。すべて俺が楽するためだったのが大事《おおごと》になったっていうのが、俺の感想なんだよ」

「だから、少しは信用してくださっている私になら安くても良いか？　ってことですか？」

「そんなところだな」

「わかりました。ノートさんの言い値で買います。廃棄するなんてとんでもない！」

「じゃあ、10万ダルで良いか？」

「私としても得にしかならないので、甘えておきます」

「よし、じゃあそれで頼むな」

そうして10万ダルを受け取り、正式にアイテムカバンをザックに譲り渡した。

セドル村の商業ギルド長のエリアにはちょっと申し訳ない……何となく遠くで恨み言を言っているような気がしたが、気のせいにしておこう。このアイテムカバンは買わないと言ってたはずだしな！　いずれ別のを持っていけば良いだろう。

だが、この世界では、知り合いに気軽に連絡が取れないんだよな。せっかくだし、魔法なり魔道具なり、何か考えようかな。

魔法なら、ゲームによく出てくる移動魔法が良いかな？　とある漫画で見た瞬間移動も良いけど……あれは知ってる人物の近くに行けるんだっけか。

通信魔道具というのも検討したい。距離の影響がないような、スマホもしくはトランシーバーのような物でも良いかな。

なかなか楽しそうだから頑張って覚えるなり、作るなりしないとな！

そんなことを考えていると、ザックが話しかけてくる。

何だか真剣な表情だな。

「ノートさん、私は防衛手段のない行商人ですが、精進して店を持てるくらいになります。そのときにノートさんがどこにいるかわかりませんが、腰を落ち着けたのであれば、私はそこに何としてもたどり着き、店を開きますよ！」

「そうか、そんなふうに言ってもらえるとは考えてなかったな。もし、俺がどこかで腰を落ち着かせられれば、ファスティ、オーゴ、セドル村に連絡を入れるとしよう。俺としても、信用できる商人が近くにいてくれるほうが助かるしな」

「ええ！　そのときは駆けつけます！　約束ですよ!?」

「わかった。約束しよう。まあ、まだ先の話だけどな？」

「わかってますよ。逆に今日明日と言われても、私の準備ができないですよ」

「しまった！　そう言うべきだったか!?」

その後しばらく談笑していたが、良い時間になってきた。

連絡の取り方を確認してから、俺は自分の宿というかコテージに戻った。

12　海鮮を食べよう！

コテージに入ると、マークが出てきた。

「戻ったか。お前達は食事をどうする？　私は近くで済ませてくるが」

「そうなのか、俺達は……おすすめされた店のどこかに行くから、マークも誘おうと思っていたんだが」

「そうだったのか、ちなみに何という名前の店なんだ？」

「『海人』と『海鳥』と『海原』。そして、最後の楽しみにしておけと言われた『海王』だな」

「私が行こうとしてた近くの店が『海原』なので、一緒に行くか？」

「それは助かるよ。店の名前は聞いたけど、場所は聞いてなかったから、今から探そうとしてたんだ」

「それはちょうど良かった。じゃあ、すぐに行くか？」

「少しだけ時間をくれないか？　身嗜《みだしな》みを整えるってほどでもないが、店に行くならせめて、着替えたいところだな。血の臭《にお》いもしてるだろうし」

「わかった。そのくらいなら問題ないから、着替えてくれれば良い。居間で待ってるから、準備ができたら声をかけてくれ。すぐに出られるようにしておく」

「わかった。すぐに着替えてくるから、待っててほしい」

そう言って、部屋に着替えに戻る。

この世界に来て、こういった外食らしい外食は初めてだから少しワクワクするな！

部屋に戻ったが、マークを待たせているし手早く着替えるとしよう……よし、あとは装備だけど、どうしようかな。ダガーとマントだけで良いか。

これで良いだろう。所要時間三分ならなかなかだろ！

着替えたことだし、マークがいると言っていた居間に向かう。

「すまない。待たせたか？」

「いや、座って数分だ。気にするほどの時間が経ったわけではない」

俺が気合いを入れて言う。

「じゃあ、気を取り直して向かうとするか！」

「なんだ？　随分気合いが入っているな？」

マークにそう言われたので、俺は答える。

「楽しみなんだよ！　久し振りの海鮮だからな！」

「そうか、お前にとっては楽しみなんだな」

マークはそんな乗り気じゃないようだな。

「マークは違うのか？」

「私は嫌いではないが、あの独特の臭《にお》いがな。ダメな人間も多いぞ」

臭《にお》い？　……わからなくもないが、これは好き嫌い以前の問題っぽいな。

「それは、内陸部で海の食材を食べようとするからじゃないか？」

「そうだが？　何かあるのか？」

「アイテムカバンを使って運ぶにしても、時間停止のアイテムカバンは数が少ないんだろ？　海の物を運ぶのに、時間停止の物を使ってないとしたら、そりゃ嫌がる人間が多いのも納得できる。海の物は基本的に日持ちしない。傷《いた》む寸前の物を食うことになるから臭《にお》いも出るし、それを減少させる術《すべ》もわからない。鼻につく臭《にお》いを嗅ぎながら食べてたらそうなるわな」

「どうすれば、良いのだ？」

それから俺はちょっと思案し、この世界で海鮮を楽しむための三つのコツを告げる。

「一つは、『産地で食う』だ。でも、それができないようであれば、『時間停止付きのアイテムカバンを使用して運ぶ』。そして『海鮮の扱いを熟知している人間を招く』かな。二つめと三つめはセットが良いけどな」

「そんなに扱いが難しい物なのか？」

「俺の偏見かもしれないが、肉と同じ扱いをすれば、味が落ちるだろうな」

「ふーむ。確かにファスティには、専門の料理人はいなかったな」

「それで海から遠い領土の人間がバカにしてたんじゃないか？　そんな物をありがたがって食う蛮族とかなんとか……」

「その通りだ」

「まあ、その辺はいずれ自分達の愚かさに気づくだろうが。ところで、マークは本場で食ったことはあるのか？」

「いや、ないな」

「俺の期待通りなら驚くと思うぞ？　とにかく店に行こう！」

マークに案内され、「海原」に着いた。

貝が山積みにされており、期待が高まるのと同時ひょっとしたら、との不安も出てきた。

中に入ると、従魔が一緒に食べられる席に案内される。

メニューを渡されてさっそくチェックすると、案の定というか、予感が当たったと言うべきか……貝料理専門店だった。

魚を期待していただけに残念だな。まあ、次回のお楽しみにしておくか。

日本でもよく食べていた貝から、見覚えのない名前の貝までいろいろあった。これはこれで良いかな、とも思い始める。

オーダーしたのは、パン、エモイモとビックルコキヤージュのスープ、ペッティーネの網焼き、ボンゴレの酒煮《さかに》を頼んだ。

ヴォルフは、味見はするが肉のほうが良いと言うので、あとで保存してある肉を食べてもらうことにする。他の従魔は普通に食べると言ったので、とりあえず同じ物を俺のを含めて三人前頼んだ。

マークは、俺の言葉を試すつもりなのか、以前食べた物がいくつかあるからそれを食べてみるらしい。

待つこと十数分、料理がやって来た。

……でかい貝のスープと、日本の物とは比べ物にならないほど大きなホタテとアサリの酒で煮込んだ料理が出てきた！

美味そうな匂いが充満してる！

さっそくスープからいただくとしよう。

……んまい！

貝料理しかなかったのはリサーチ不足だったが、味は文句なしの美味さだった。冒険者達がすすめるのも頷ける。

マークを見てみると、皿の上の貝を見て、首を傾げながら食っている。

「どうだ、全然違うだろ？」

「確かに、以前食べた物より美味いのは間違いない……だが、物自体が記憶の中の物より大きいのだ」

たぶんそれは旨味が抜けて、縮まったんだろう。旨味が詰まった新鮮な物だと、全然違うんだよ、きっとな。

「獣肉は熟成させたほうが美味いのに、海鮮は新鮮な物のほうが美味いのか」

「それは違うぞ？　海鮮の中にも熟成させたり、乾燥させたりしたほうが美味くなるのもある。今ここにある物なら新鮮なほうが美味いってだけだ」

たとえばマグロは熟成させたほうが美味いとも聞く。アワビの乾物でうん十年物なんて、とんで

もない値段になったりするからな！

ホタテの網焼きも美味かったが、醤油とバターが欲しくなった。

アサリの酒煮も満足できる物だったし、今度自分でも作ってみるかな？

ごちそうさまでした。


その後、コテージに戻り、ヴォルフの飯を出したら、アクアとライのチビッ子従魔も欲しがったので少しずつ出してやった。

これで今日のやることはすべて終えたし、寝るとしようかな？

13　市場巡り

まだ日が昇る前に目が覚めたな。

少し明るくなりつつあるくらいか？　ちょっと時間がわかりづらいが、おそらく四時半くらいかな。

俺が起きたからか、ヴォルフが顔をこちらに向ける。

『主、もう起きたか？』

「昨日早くに休んだからか、目が覚めた」

『睡眠をしっかり取れているなら良い』

「そうだな。自然に目が覚めただけだから、寝起きは良いし、体調も悪くない」

『今日はどうするのだ？』

「そうだなー。ヴォルフは海鮮全然ダメだったか？」

『味か？　匂いか？』

「両方かな？」

『匂いは少し気になるが、味は問題なかったぞ』

「それは良かった」

『何だ？』

「今日はな、できれば街に一日滞在して、海鮮も含めた消耗品の補充をしたいと思ってるんだ」

『なるほどな。我が嫌がったらどうするつもりだったのだ？』

「面倒だが、海鮮系を買いに行ってる間はここに待機してもらって、終わったら迎えに来て、他の買いだしかな」

『そこまで気にする必要もあるまい。この街の中にいる限りは、我は常に海鮮の匂いは感じているからな』

「そうだったな。ヴォルフは人の何十倍も鼻が利くんだったな」

『その通りだ。だから、どこにいても変わらない』

「なら、ヴォルフには悪いが、付き合ってもらおうか」

『わかった。ただし、海鮮系のみの飯はやめてくれ。我はやはり肉が一番の好物だ』

その言葉に笑いながら応える。

「わかった。考慮するよ」

少しずつ空が明るくなってきたようなので、朝食の準備を始める。

毎度のことながら、アクアを起こすのに苦労しつつ全員で食事をする。

今日の朝食は、パンとボアのベーコンとコケット卵のスクランブルエッグ、オニオンのスープとサラダだ。

満足できるボリュームになった。

片付けを終わらせて食休みしていると、マークが起きてきた。

「おはよう」

「おはよう。早いな、何かやるのか？」

そう尋ねられ、俺は答える。

「いや。どちらかというとのんびりする感じだな。朝一から市に行って、買いだしメインで今日は街に一日滞在予定だな」

「そうなのか。珍しいな、お前が一日街にいるなんて」

「今のところ、街中で面倒に遭遇してないからじゃないか？」

「いろいろ言いたいところだが……まあ良い。出るときは教えてくれよ？」

「そのときは、ライに案内させるよ」

「頼むぞ！　本当に」

「わかったよ。それよりも俺達は少ししたら買いだしに出るが、マークはどうするんだ？」

「私はここの領主に面会を願い出ていてな。それと、昨日作成した報告書をもとにファスティ様に報告する予定だ」

「朝食は？」

「硬パンとチーズでも囓《かじ》るさ」

「そんなもん食うのか？　じゃあこれを食えよ。今日の朝食の残りだけどな。いつも多く作ってるのは知っているだろう？」

「ああ、知っている。なら、ありがたくいただこう」

スキルの【アイテムボックス】から、朝食の残りを取り出す。テーブルの上に現れた山ほどの料理に、我ながら笑ってしまう。

「食えるだけ皿に載せたらいい。なくなっても構わないけどな」

「私がこれを全部食えると思うのか？」

マークも苦笑していた。

ひとしきり話をして、俺達が先に出る。

さて、お楽しみの海鮮系の買い物だな。市場に何があるのかわからないが、美味そうな物は買いまくろう！

【アイテムボックス】に入れておけば良いんだしな！

◇

市を探して歩くこと二十分くらいか？　海側にいくつかの海鮮系市場エリアが並んでいるので、見て回ることにする。

一軒一軒全部見て回るつもりだから、サクサクいかないと。一日じゃ足りなくなりそうだからな。

ある程度、料理の使いやすさを考えて、買っていこうかな？

さっそく良い食材があった！

市場のおっさんに聞くと、名前は違ったが、見た目はシジミとアサリ。日本で見られる奴とはサイズが違うが。

二つとも樽に入った物を全部購入。

周りでも売ってるから、買い占めにはならないだろう。

次を見ると、サザエとハマグリだったので、これも店にある分をすべて購入。

また次を見ると、アワビだ。これもこの店の在庫を全部購入。その後も、ホタテ、牡蠣《かき》、ムール貝、赤貝と一店舗分を買い占めた。

この一画は貝しか扱ってなかった。

最後の店で聞くと、他の魚介類は海に近い所に軒を連ねているらしい。

貝エリアを離れて、市場の奥のほうへ向かっていると、今度はカニやエビが見えてきた。これらも各種一店舗分ずつ買っていく。

車エビ、芝エビ、赤エビ、甘エビ、ブラックタイガー、バナメイ等、いろんなエビがあった。

カニは、タラバガニ、ズワイガニ、毛ガニ、花咲ガニっぽいのを購入。

あとで時間があれば、もう一回来たいな！

さーて、甲殻類エリアを離れたところで、そろそろ魚エリアに着くかなー？

次は海藻類だった！

いや、買うけど！　俺の期待を返してほしい！

とりあえず、昆布とワカメともずくを購入。乾燥させて、粉状にしてる昆布もあったから購入したよ。

あと、よくわからない物に関しては、バケツ一杯分ずつ購入した。

そうして進んでいくと、ようやく魚が見えてきた。

テンション上がってきた！

さて、何を取り扱ってるのかな？　と思って最初の店を覗くと、アジやサバを扱ってるようだ。

大きい木で作った生《い》け簀《す》のような物に生きたまま入ってる！

交渉して今いる分をすべて購入して、次の店へ。

次の店も木の生け簀に入ってる……というか、この魚エリアは基本的に生け簀を置いている店が圧倒的に多い。

生け簀を覗くと、イワシかな？

うーん、つみれ汁とイワシハンバーグとそのまま焼いたのくらいしか料理は思いつかないけど、また何か思いつくだろうし購入。

めちゃ安かった！

それじゃ次の店へ！

こいつは何だろう？　ブリ系だと思うのだが、ブリ、カンパチ、ヒラマサのどれだろう？　詳しくは忘れたからなー。名前を聞いてもたぶん知らない名称を言われそうだしなー。

スキルの【鑑定】を使うか！

・ブリ　×1

セレスティーダの世界の名は「ブブリ」。

常に群れを作って行動しており、あまり浅瀬には近づかない。

性格はとても温厚で、人を襲うことはない。

好んで食べているのは、小魚やエビなど。

食材として一級品で、セレスティーダで食べられている魚介類のなかでも非常に人気が高い。

とりわけ、オーゴ産のブリは身が締まっていて絶品とされ、煮てよし焼いてよし、生でもいける。

目玉を塩焼きでいただくのが、通の食べ方。


やっぱりブリだったか。

これも買いだな！

照り焼き、ブリ大根、塩焼き何でもOKだし！

ホクホク顔で次の店へ向かうと、今度はタコとイカがあった。が、人気があまりないのか、安かった。もちろん購入した。

さて、次の店と思っていると、子供達……姉妹かな？　がござを敷いて、サンマを売っていた。

この市場では珍しく生け簀に入っていない死んだ魚だった。

誰も見向きしてないが、俺の【鑑定】によるとかなり状態が良い。

姉妹らしき二人は、売れなくてしょんぼりした顔で通りを見ていた。

さっそく俺は、二人に近寄る。

「これは売り物かな？」

そう聞くと、びっくりした顔で返事をしてくれる。

「は、はい。美味しいですよ！　お一ついかがですか？」

「そこにある物、全部くれ」

俺が言うと、二人は目を丸くする。

「そんなに買ってくれるんですか！」

「ああ、全部くれ」

驚く二人に、俺はもう一度しっかりと言った。

すると、彼女達は涙目になって礼を言ってくる。

「ありがとうございます！」

そして、後ろの小さいほうの女の子がこそっと独り言のつもりだったのだろう、小さく口を開いた。

「……これで帰っても叱られなくて済む」

だが、俺には聞き逃すことなんてできなかった。

「なあ、叱られなくて済むってのは、どういうことだ？」

するとと、大きいほう女の子が小さいほうの女の子を叱った。俺がそれを止めると、大きいほうの女の子は、その経緯を教えてくれた。

要約すると、二人は姉妹で、生活のために魚売りをしているとのこと。そして、市場で魚が売れないと、父親にひどく叱られるらしい。父親はずっと漁に出てて、サンマは母親が絞めているとのこと。

この話を聞いて、俺は何となくわかってきた。

父親は市場に来たことがなく、母親が持ち運びしやすいように絞めているようだが、この二つが、魚が売れない原因を作ってしまっている。

周りは、魚を生きたままの魚を売っているからな。

何とかしてあげたいと思い、二人の家に案内してもらおうと考えたが……さすがにそれなりの理由がいるだろう。

俺は少しだけ思案すると、二人にお願いする。

「なあ、もう少し欲しいから、お家《うち》に案内してくれないか？」

「まだ買ってくれるの？」

妹が聞いてきた。

俺が頷くと、妹は嬉しそうに案内すると言ってくれた。

それから二人はござを片付けて、家に向けて歩きだした。

◇

家に着き、中に入っていく子供達。

俺は家の前で待つことにした。

「ただいまー」

妹が帰宅の言葉を言うと、母親らしき声が聞こえてきた。

「今日はこんなに早くにどうしたんだい！　売れないからって帰ってくると、お父さんにまた叱られるよ？　もうすぐ帰ってくる時間になるというのに」

「ちがうよー。お客さんを連れてきたの」

その後しばらく待っていると、子供達の母親が出てきた。

母親が訝しげに尋ねてくる。

「あんたかい？　お客ってのは？」

「たぶん、そうなるだろうな」

「で、どれくらいいるんだい？」

「サンマ以外もないのか？」

俺がそう問うと、母親は少し言いづらそうに答える。

「……あるけど、保存食にするために、干したり燻《いぶ》したりした物だよ？」

干物《ひもの》や燻製《くんせい》があるのか！

物によっては買わないと！

もし買うことができれば、今日は干物か燻製を炙《あぶ》って酒のアテにしようかな。楽しみが増えるな！


その後、屋内に案内され、家で作っているという加工食材を一通り見せてもらった。畳イワシ、シラス、アジ、サンマ、カマス、サバ、タコ、イカなどがあった。

それらに加えて、なんと干しガツオまであった！

これ、旨《うま》い出汁《だし》が取れるから、カツ丼に煮物にうどんや蕎麦《そば》もいけるな！　天ぷらかき揚げの汁もいける！

どれをどれくらい買おうか迷っていると、男の声が聞こえてきた。

だが、あまり良い感じの声ではない。

急いで声がしたほうへ行くと、男が子供達を叱っていた。

とうとう手が出そうになったので、俺はその手を押さえる。

「そこまでだ！」

「なんだ、てめえは！」

「お前こそなんだ？　そんな年端もいかない子に手をあげようとしといて」

少し頭に来たせいか、力加減を誤った。

男の手首からギシギシと音がし始める。

「痛《いて》え！　離しやがれ！」

「大人のくせに、口の利き方を知らないようだな？」

そこへ、母親が遅れてやって来る。

「……は、離しておくれ。うちの旦那なんだよ」

「今から手を離すが、攻撃してきたら、それなりの対処をさせてもらう」

そう言って離すと、父親はよほど痛かったのか、手を押さえてうずくまった。

しばらくそうしていたが、やがて顔をこちらに向けて悪態《あくたい》をつく。

「何なんだよ、てめえは。こいつらは俺のところの子だぞ？　やることをやらなかったら、叱るのは当たり前じゃないか！」

俺は淡々と応える。

「叱るのは良いが、手を出すのは見逃すわけにはいかないな。それに、その子らは少なくとも今日はやることをやったんだから、叱るのは間違っている」

父親は起き上がり、首を傾げながら問う。

「こんな時間に家にいて、やることをやったとは思えん！」

「ふぅ、現実を見ろ。今日の魚はすべて俺が買い、他にもないかと案内してもらってるんだ。客である俺がここにいるんだぞ？　その子らは説明しなかったか？」

俺が子供達に目を向けると、妹が即座に言う。

「わたし、したもん！」

「と、言っているが？」

父親のほうに顔を向けて問うと、父親は焦ったように大声を出す。

「そ、そんなものは、叱られないための嘘だと思ったんだ！」

親とは思えないな。

イラつきが増していくが、なるべく感情を抑えて尋ねる。

「ほぉ？　嘘かどうかの確認もせずに、嘘と決めつけたと？」

「い、いや。普通はそう思うだろ？　今までろくに売ってこられなかったんだからよ！」

さすがにカチンと来た。

俺は、ひときわ大きな声を出す。

「お前……父親だろうが！　せめてきちんと確認しろよ！　お前、今俺に言ったよな!?　やることをやれと！　お前こそやることをやってから子供を叱れよ！」

父親は腰を抜かし、へたり込んでしまった。

すると母親が俺を見て、申し訳なさそうに言う。

「……そこまでにしてくれないかい？」

何となくだが、肝が据わっているように感じた。

もしかしたら元冒険者か？　もしくは、肝っ玉母ちゃんか？

俺は母親に言う。

「すまないな。子供に手をあげるような奴は、同じ男として許せなくてな」

「ふふ、そういうことならいいよ。ところでこんな騒ぎになったけど、あんたはまだ、うちの商品を買ってくれるのかい？」

「ああ、迷惑をかけたが、そこは変わらない」

やはり肝が据わってるな。


母親と二人の姉妹と一緒に、干物や燻製が並べられている所に戻ってくる。

「どれくらい持っていくんだい？」

「そうだな。カツオとイカは二百匹欲しいな。他の干した物と燻した物は、各種百匹ほどくれ」

「また、豪快に買っていこうとするね？　金は大丈夫かい？」

「全部でどれくらいになる？」

「そうさね、８万ダルってところかね？」

それくらいなら余裕だな。

俺はアイテムカバンから金を取り出して、母親に手渡す。

「はいよ。確かに受け取ったよ。で、どうやって持って帰るんだい？」

「これはアイテムカバンだからな、これに入れるんだ」

「普通のアイテムカバンかい？」

「いや、時間停止が付いているアイテムカバンだ」

「ほお……なら、腐らすこともなさそうだね。じゃあ用意するから待ってなよ」

母親はそう言うと、子供達を連れて裏のほうに行った。

そこへ父親がやって来る。やや気まずそうにする父親に、俺はこの家の魚が売れない理由を教えてやることにした。

「ああ、そうだ。おたくらの商売の仕方だが、あの市場では間違いかもしれんぞ」

「どういう意味だ？」

「市場に、あんたは行ったことがあるのか？」

「行ったことはないが、それが何だよ」

俺は、なおも疑ってくる父親に丁寧に説明してやる。

「あそこは、木の生け簀のような物を用意して、魚を生きたまま売っている所がほとんどなんだよ。少なくとも俺が見た範囲ではな」

「何だって？　どちらにしても、魚を手渡すときは絞めるんだろ？」

「まあそうだな。だが客目線だと、買う直前まで生きているというのが、新鮮に見えるんだろうよ」

「……それで、うちの魚はあまり売れていないと？」

ちょっとはわかってきたようだな。

「俺が見ていた限りでは、みんな見事にスルーしていたな。子供達はそれを毎日見ては悲しい思いをし、家に帰ればお前に叱られる。踏んだり蹴ったりの気持ちでいただろうな。それでも近づいたお客には笑顔で接しようとしていたぞ？　俺から見たら、父親のお前よりもよほど偉い子達だよ」

俺の話がショックだったのか、父親は地面に手をついてうなだれていた。

そこへ、母親と子供達が戻ってくる。

「何だい、またうちの人をいじめてるのかい？」

「人聞きの悪いことを言わないでくれ。この子達がいかにつらい思いをしていたのか、教えてやっただけだ」

俺がそう返答すると、母親も冗談だったようで、笑みを浮かべて尋ねてくる。

「そうかい。で、あんたはうちの魚が売れない理由がわかるのかい？」

「父親にも今言ったが、絞めているからだろうな」

「結局、絞めてから渡すのに？」

母親は不思議そうな顔をしている。

「客は、生きているほうが新鮮に見えるのかもな」

「そういうことかい。なら、うちも生け簀に魚を入れておけば売れるってことかい？」

「その設備を買えるなら、それが良いだろうな」

「今日の売上で十分買えるさね。そこまで大きくなくて良いんだから」

ともかく俺としては、子供が笑顔になるなら文句はないな。その辺の話を軽くしてから、俺は注文した物を受け取った。

それから俺は子供達を呼びつける。そして、たまたま買ってあった飴《あめ》を袋ごと手渡そうとすると、二人は親と俺とを交互に見る。

俺は怖がらせないように言う。

「心配ない。お父さんもお母さんも叱らないから、受け取ってくれるかな？　お前達の頑張りを見て、ご褒美にあげようと思ったんだ。甘いから口に入れてごらん？　噛まないようにすれば長い時間楽しめるぞ」

まず妹が口に入れた。

すぐに満面の笑みで騒ぎだす。

「おねーちゃん！　これすっごくおいしいよ！　おねーちゃんもほら！」

姉も口に入れると、幸せそうな笑みを浮かべた。

やっぱり子供は笑顔が一番だよなー。

子供達が飴を舐めるのを眺めながら、俺は母親に一案伝える。

「あのさ。さっき考えたんだが、これだけの干物や燻製があるんだから、店の一部分に場所を作れないか？」

「保存食を売るってのかい？」

「そうだ。どちらかといえば、保存食だからこそだな。もちろん、どれくらい持つかを明記してもらいたいが」

「何でそんなことを？」

干物と燻製の価値がわかってないようだな。

火に炙るだけでそこそこの物が食えるとなると、冒険者に需要が出るだろう。冒険者でなくても主婦だって喜ぶだろう。焼くだけでいいし、何より美味いのだから。

そんなことを説明したのだが、母親はまだ納得していない感じだった。

「そう簡単にいくかねぇ……」

「最初は無理だろうが、興味を持った奴が買うかもしれないぞ？　何なら無償で一口分食べさせれば、少しは効果があるかもしれない。味は保証できるんだろ？」

「味は保証するよ！」

「なら、やれば売れると思うけどな！」

それから俺は、携帯コンロを取り出して、今買ったばかりの干物を炙った。

さっそくいい感じに油が滴《したた》り始める。

木の棒で身をほぐして一口食べてみると——

……ウマい！

干したことで凝縮された旨味が、これでもかと口の中で広がる。かといって、大味なわけでもクドいわけでもなくさっぱりしている。

魚の油の旨さが……ってどこの評論家だ俺は！

俺はいったん落ち着くと、改めて母親に提案する。

「こうやってほぐして、一口分くらいずつ味見してもらえば絶対に売れる。一日中は無理にしても……そうだな、食事の前とかにこんないい匂いを嗅がされたら、食いたくなると思うぞ」

試食するとついつい買ってしまうからな。

俺の熱意に押されたのか、母親も受け入れ始めた。

「うーん、私の仕事が増えそうだけど、しばらくやってみようかね」

「そうしたらいい。子供達も焼き加減を覚えられるしな。姉ちゃんのほうがもう少し大きくなったら、やらせてみるのもありかもしれんし」

「ああ。この子は家の食事の手伝いもしてるから、できるようになるかもね」

姉はニコニコしている。

認められたのが嬉しいのだろうな。

妹も楽しそうだし、ここは変わるかもな！

「まあ、いろいろお節介なことを言ったが、子供達の負担を増やしすぎないようにな」

「おにーちゃん、ありがとー」

「おう、これからも大変かもしれないけど、元気にな！」

俺はそう言うと、市場に戻っていった。

◇

市場に再びやって来ると、従魔達が食事をしたいと言いだした。

屋台が集まっている一画に向かい、そこで買うことにする。

海鮮だけかと思いきや、肉、野菜、果物、その他加工調理した食べ物が数多くあった。売り子達に聞くと、海鮮料理が多いので他の食べ物の需要もあるとのこと。

考えてみれば当たり前か。

いろいろと迷いつつ、串焼き、焼き肉、野菜炒め、果物のデザートを買い込んだ。

それから座れるスペースに行き、ゆっくりと昼食を取る。

食べ終わって、市場散策を再開する。

サーモン、カツオ、スズキ、キス、マンボウみたいな魚など、目に入った魚を片っ端から購入していく。

……そろそろ金が残り少なくなってきたな。

まだまだ買いたい物もあるが、今日はここまでにしておこう。それで今日の残り時間と明日で金策を行い、また来るかな。

この市場には、いつ手に入れられるかわからない貴重な魚介類がたくさんある。シャコとかも買っておかないと。

次に来たときのために、買いたい物をリストアップしておく。

金策としては、オーゴでポーションを売るための交渉もしないと。

しかし、冒険者ギルドに行くのもちょっとな。

マークについてきてもらうか、もしくは丸投げするか。

いやギルドを通さず、ザックに売りつけるか？　材料から製作まで俺一人でやってるから、もう少し安くしても困らないし。

今のところ、この地で嫌な思いはしてないけど、念には念を入れておこう。

あとは、魔法の練習だな。

マーキング系の魔法とか、移動系の魔法をモノにしないとな。

◇

コテージに帰り着いた。すると、マークがすまなそうな顔でこちらを見ながら待っている。

たぶんだが、領主絡みだろうな。領主に会いに行くと言っていたし。

マークのその顔を見た瞬間にイヤ〜な予感はしていたが……話を聞いてみたところそうでもなかった。

「ノート、すまないが、ここのギルドにもポーションを卸してほしいと、領主様経由で伝言を預かったんだが……」

「ポーションか？　そいつはちょうど良かった」

金策をしたかった俺にしたら、好都合だな。

マークは何か引っかかったのか、問うてくる。

「ちょうど良い？　どういうことだ？」

「今日、市場で買い物してきてな、手持ちが心許なくなったんだよ。それで明日にでも、マーク、お前さんにギルドについてきてもらおうかと思ってたんだ」

「はっ？　いやいや、ノート、お前、結構持ってなかったか？」

「海鮮なんて、いつ買えるかわからないからな。しばらく楽しめるように大量購入したんだ。後悔はないし、まだ買いたい物もあるぞ」

きっぱり言うと、マークが頭を抱えた。

「お前、ファスティでも似たようなことしてなかったか……」

「あのときは、衛兵を蹴散らしてでも出ていくための必要物資だったが、今回は俺の嗜好品だな！」

「威張るな！　というか蹴散らそうとするな！　私の胃に穴が空く！」

「結果的にやらなかったんだから、まあいいじゃないか。ファスティの領主が話のわかる人で助かった」

そう言って笑ってみたものの、マークはジト目をやめない。

マークがため息をついて気を落ち着けて、話を戻すために再度問うてくる。

「では、ポーションの販売自体は問題ないんだな？」

「逆にどうやって交渉しようかと悩んでいて、マークかザックに丸投げしようと思ってたくらいだ」

胸を張って言ったら、「するな！」と嘆かれた。

あとは今晩中にある程度ポーションを作り置きしておいて、さらに魔物狩りでもすれば、ある程度金策できるかな？

よし、明日の予定も立ったし、夕食の準備でもするか？

従魔達に何を食いたいかと聞くと、ものの見事に全員バラバラだった。

ヴォルフは、肉多め料理。

マナは、スープとできるだけ多種の材料を使った料理。

アクアは美味しい料理で、ライは魚料理。

……素晴らしく自由だな。

何の参考にもならなかったが、うーん、何を作るかな？

そうだ、スープだけ作ってあとはＢＢＱにするかな？　ＢＢＱなら肉はもちろんのこと、魚も野菜も何でもござれだし！

「よし、飯も何にするか決まった。マークも食うだろ？」

「ご相伴《しょうばん》にあずからせてもらう」

何か妙な返答の仕方をしてくるが、まあいいか。

「決まりだ！　じゃあ、夕飯まで適当にしててくれ」

「わかった。じゃあ、私は領主様に面会してポーションの件を伝えてくるとしよう。夕食の時間までに戻る」

「ご苦労なことだな。ついでに本数も聞いてきてくれ。あるだけくれっていうのは却下な。ここだけにそんなことはできないから」

「わかった」

出かけるマークを見送ると、俺は食事の準備を始める。

……あっという間に準備が終わったな。

あとは夕食の時間になるのを待つだけとなったので、ポーションの整理をしようとコテージに戻り、数を数えていく。

結構持っているな！　これなら補充しなくても金策は何とかなるか。

だったら、持ってる金属で何か作ろうかな？

ブレスレットとかネックレス、指輪あたりで、適当に便利そうな魔法を付与できないか試そうかな？　と思っていたら――

……速攻でできちゃったよ。

洒落のつもりだったんだがな。

ところでこれって売れるのかな？　まだ騒ぎになるかはわからないしな。マークが帰ってきたら聞いてみよう。

とりあえずできた物は、次の三種類だ。

・回復のネックレス（小）　×３　三分ごとにＨＰ５回復
・解毒のブレスレット（小）　×３　（小）ランクの毒無効
・力強化の指輪（小）　×３　力が５％上昇

そこまで良い素材がなかったから、このあたりのランクの物しかできなかった。素材が集まれば、最上位まで作れそうな気がする。

いや、実際にやるのは自重しよう。うん。

そんなことをしていると、夕食の時間が迫ってきた。

そしてマークが帰ってきたので、夕食のＢＢＱを開始する。

肉は、コケット、オーク、ブルーブル。海鮮は、アジ、サバ、サーモン、イカ、ブラックタイガー、バナメイ、サザエ、牡蠣、ホタテ、タラバガニ、ズワイガニを用意した。

野菜は、オニオ、ココーン、ニンジン、ピーマン。

タレは、肉には各種用意してある。魚とココーンには、バターと醤油だな。俺個人の好みだが、焼きもろこしはバター醤油が最高なんだよな！

ヴォルフも多少は海鮮を食べてたし、チビッ子従魔達は腹いっぱいで動けなくなってたし、ＢＢＱは大盛況だった。

作った道具のこと、マークにどう話をしようかなー。

さて食事が終わり、片付けも済ませて、今はマークと差し向かいで飲んでいる。

アテは、干したイカの七味マヨ（本当は明太マヨが良かったんだが）と、サーモンの皮を炙った物にした。

それらをツマみ、まったりしたなか――

「それで？　領主に会ってどうだった？」

単刀直入に切り込む。

「ああ、ポーションの件を話してきた。もちろんお前の伝言も伝えた」

「それは良かった。で、希望本数は？」

「可能ならば各種五十本。それが厳しいなら各種三十本と言っていたが……いけるか？」

「ああ、五十本で大丈夫だ」

そう伝えると、マークはほっとしたようだった。たぶん、何とかしろと強めに言われてたんだろうな。

「それを聞いて安心した」

「じつはな、マークに相談があってな」

俺が話を切りだそうとすると、顔を引き吊らせるマーク。

「また何か激しくイヤな予感しかしないが、すごく私の心身に良くない話を聞かされそうだな？」

「まあ、そう大した話では……あるかもしれんが、大丈夫だ！」

「何だその根拠のない言い分は！　あるかもしれんってどういうことだ！」

「まあ、落ち着け」

「落ち着けるか！」

そう言って酒を口に含むマーク。

こういう奴だからこそ、俺も話しやすいんだけどな。迷惑をかけているが、それでも根気良く付き合ってくれる。

様子を見ていると少し落ち着いてきたのか、マークから声がかかる。

「一つ先に聞いておく。面倒になりそうなことか？」

「それがわからないから、聞こうとしてるんだがな。ただ……」

「ただ？」

「たぶん間違いなく、マークが疲れるとは思ってはいる」

マークはものすごくわかりやすく嫌そうな顔をした。

とはいえ、聞かないと何も始まらないのはマークはわかっているので、聞く態勢を整えようとしている様子だ。

「良し、話してみろ」

「覚悟はできたのか？」

「揺らぎそうだから念押しするな！　ふぅ、何をしたんだ」

「これを作ったんだ。売っても大丈夫だと思うか？」

そう言って俺が取り出したのは、先ほど作ったネックレス、ブレスレット、指輪だ。

マークはそれらをじっと見て、首を傾げる。

「これがどうしたんだ？　確かに綺麗に作っているが、お前が言うほどヤバい物とも思えんが……」

「たぶん魔道具になるんだが……」

マークは一瞬停止して俺に近づき、かなりの力を入れて拳骨《げんこつ》を落としてくる。

ガスッ！

「痛《いて》え！　何すんだよ！」

俺が苦情を言うと、マークがまくし立てる。

「お前こそ何してくれてんだ！　ノート、お前は私の胃に穴を空けたいのか⁉　そうなんだろう⁉」

「やっぱりまずいか？」

「まずいかどうかは、私に判断はつけられない。売るのは大丈夫だろうが……根回しはかなり大変だぞ⁉」

売買の話になると、マークは急に冷静になった。

ちゃんと真面目に考えてくれているのだろうな。

「どういうことだ？」

「魔道具はそこそこのダンジョンでないと手に入らない。製作できる人物はいることにはいるが、国の宮廷魔術師の中でも上位だな」

「つまり、売れるってことか？」

俺が結論を急ぐと、マークは再び大声を出す。

「いやだから、根回しがいると言っているだろう！」

「ダンジョン産で押し通せないか？」

製作者がいると思われると、いろいろと面倒なことになりそうだからな。

俺の問いに、マークは眉間にしわを寄せながら答える。

「物にもよるな……これの効果は？」

「回復のネックレスは三分ごとにＨＰ５回復で、解毒のブレスレットは小ランクの毒無効で、力強化の指輪は力が５パーセント上昇だな」

マークは意外そうな顔をする。

「お前のことだから、最高級品でも作ったのかと思ったが」

「材料がなかったから、そのくらいしか作れなかったんだよ」

「このくらいなら、ファスティ様とオーゴの領主様に話をすれば、何とか入手経路をごまかしつつ売れるかもしれないが……どうしても売るか？」

「できれば売って懐を落ち着かせておきたいんだよ。というか、値段がどれくらい付くかわからないんだが……」

しばらくマークは思案しだす。そしてゆっくりと口を開く。

「力強化の指輪は前に見たことがあって、売値で7万ダルくらいだったな。回復と毒無効はたぶん売値で100万ダルを超えると思うぞ」

「そんなにするのか」

これは、ポーションよりも効率がいいな。

「需要はあるが、物がない。供給がまったく足りてないってことだな。冒険者だけではなく、軍から衛兵までの人数を考えたら特にだな」

「そうか。だったら、オーゴで少量なら流しても大丈夫そうだな」

俺がそう言うと、マークはため息交じりに言う。

「明日、領主様に話をしてみるが……しかし、お前って奴は、相変わらず目をつけられるようなことばかりするな」

「できる限り目をつけられないようにしたいのだがな。周りが大げさに騒いでいるんじゃないかと思うが」

「そろそろ自分の異常な能力を制御してくれ」

ため息をつくマーク。

まあ、そろそろ夜も更けてきたし、今日はここら辺にして、明日話を詰めるとして寝ようかな？

マークも、少し考えたいとのことだったのでお開きにする。

さて寝よう！

明日は少しマークと詰めの話をして、冒険者ギルドに行こう！

14　緊急依頼！

朝になったか。太陽がだいぶ昇ってきており、良い感じの時間になっているようだ。普段より起きるのが遅れたな。

俺が起床した気配にヴォルフが気づいた。

『主、起きたか？』

「ああ、いつもより遅くなったな」

『別に良かろう？　どうせ我とマナしか起きていない。チビ達は、主が起きないとずっと寝てるからな』

「そうなのか」

『起きても、ご飯がないからだ』

誰に似たのか……素晴らしく自由な従魔だな！

ヴォルフとマナとは従魔契約をしていても、神の眷属だから俺に似ているわけじゃない。だが、チビッ子達は……まあいいや、朝食の準備しよう。

マークも呼んで、俺が食いたかったから純和食朝定を食べることにした。従魔達は残っていた唐揚げ丼を出してやる。

サクッと食べ終えて、マークと話を詰める。

いろいろと熟慮の結果、例の魔道具はすべてオーゴ領主に売ってしまうことにした。

その後、マークはオーゴ領主の所へ、俺は冒険者ギルドへ出かけることになった。鍵はマークに預けておこっと。

◇

ギルドに到着すると少し騒がしい。

ギルマスも出てきているようだが、何かあったのだろうか。

そう思っていると、ギルマスが冒険者達に呼びかける。

「先ほど、先日オークの群れがいた場所からさらに奥側でオーガが発見された！　先日のオークもそこから来たと予想される。そして、オーガがこちらに向けて移動しているのも、斥候から報告されている。そこで、諸君達冒険者パーティに緊急依頼を発令する！　これに違反する者は、申し訳ないが、ギルドから罰を科すことになる」

あちこちから不満の声があがる。

それもそうだろう。冒険者達に何の補償もしていないのだから、この反応になっても仕方ないよな。

俺がそう思っていると、ギルマスは報酬の話をしだした。

「討伐したパーティとその補助をした者には、討伐報酬として500万ダル支払おう。倒したパーティに五割、残りの五割を補助を行ったパーティに支払うことにする！」

しかし不満の声は収まらない。

俺は相場がよくわかっていないが、きっと安いのだろうな。

ふと周りを見渡すとディランを見つけたので、移動して声をかける。

「ディラン！」

「ん？　おお、ノートじゃないか。お前も聞いていたのか？」

「一応聞いてたが、よくわからなくて」

「そうなのか。それで？」

「この不満の声はなぜだ？」

俺が問うと、ディランは丁寧に教えてくれる。

「オーガは厄介な魔物でな。一体倒しただけでも、素材を売った額まで入れたら90万ダルは下らない。それにもかかわらずあの金額だろ？　群れの規模はわからないし、命懸けで戦うにはリスクがありすぎる」

「オーガってそんなに強いのか？」

「討伐推奨ランクがBだからな。群れたらAランク以上の案件だ」

「それで文句を言っているわけか。だが一体90万ダルか……俺が受けようかな。ただし一つ確認してからだな」

俺はそう口にしてディランのもとを離れると、ギルマスに近づく。

「ギルマス、質問をしてもいいか⁉」

「何だ？　言ってみろ！」

「今の話だと、討伐報酬ってのは討伐したらもらえるんだよな？　つまり討伐証明部位以外は、討伐者の物でいいんだよな？」

俺が聞くと、周りの冒険者達が静まりだした。その場にいた全員の顔がギルマスに向くなか、ギルマスは厳しく言い放つ。

「いや、すべて込みの討伐料だ」

直後、暴動一歩手前の雰囲気になった。非難の声があちこちからあがってるな。

俺はギルマスに言う。

「じゃあ、俺はパスだ」

「そうはいかん！　全パーティに対しての緊急依頼を発令したのだから、お前にも行ってもらう！」

ギルマスが語気を強めるが、俺はしれっと言い返す。

「対象はパーティなんだろう？　じゃあ、俺には関係ないな。俺はソロだから」

ギルマスが何か言い募ろうとしたが、俺はその場をすぐに離れた。そして他の依頼がないか探そうとしていると――

「何の騒ぎだ！」

突如、周囲に声が響き渡る。

そちらを見ると、オーゴ領主がマークを伴って冒険者ギルドに入ってきたところだった。ギルマスが慌てて近づく。

「これは領主様！　今日はいかがなさいましたか」

「ギルド長か、お主に用はない。お、いたな！」

オーゴ領主はそう言いながら、俺のほうに向かってくる。

「ノートと言ったな？　お主が持っているという物の取り引きをしに来たぞ」

この領主フットワーク良すぎだろ⁉　マークが話したんだろうが、魔道具欲しさに俺に会いに来たってわけか。

領主は待ちきれない様子で言う。

「さあ！　双方に良い取り引きになるようにしっかり話し合おう！」

そこへ、ギルマスが慌てて待ったをかける。

「子爵様、お待ちください！　今は緊急依頼を発令中なので、そこの者にも出てもらわないといけないのです」

眉間にしわを寄せる領主。

明らかにムッとしているな。

「何の依頼かね？」

「オーゴ付近にオーガの群れが確認されましたので、その対応です」

「……内容は？　私の所には連絡が来てなかったが？」

「先ほど使いの者を走らせたので、入れ違いになったかもしれません。内容とは？」

「報酬のことだ！」

領主の剣幕に怯みつつ、ギルマスは答える。

「討伐と素材代を含めて５００万ダル。そのうちメインで討伐したパーティに五割を、補助を行ったパーティに残りの五割で話をしております。これだけ出しているというのに、この者達は協力的ではなく……」

それを聞いて領主は心底呆れたようにため息をつく。

そして冷たい声音で問う。

「……お主に尋ねたいが、オーガ一体あたりの値段はいくらか知ってるか？」

「え？　えーと、あの、素材込みで一体90万ダルほどです」

ギルマスは戸惑いながら返答した。

領主はさらに問う。

「それでは、群れの規模という括りは何体からだ？」

「五体ですので、素材込みで450万ダル。緊急依頼で増額して金貨500万ダルです」

そこでいきなり、領主が大声を出す。

「それが違うだろ！　さっきのお前の話では、五体倒した者がもらえるのが250万ダルだ。何せ五割ということで、残りの半分を補助を行ったパーティに渡すのだからな。そんな額で冒険者達が戦えるわけなかろう！　一体ずつ相手にするわけじゃないんだぞ⁉　同時に相手取ることになるんだ！　その負担たるや、通常の数十倍いや数百倍の難度になるだろう。それにもかかわらず色を付けた気になっているのか？　ふざけているとしか思えん！」

どんどんヒートアップしながら、ギルマスに詰め寄る領主。

領主は頭から火を噴きそうだな。

「そもそも五体しか想定してないじゃないか‼　五体と報告があったのか⁉　どうなんだ⁉　六体以上いた場合はどうするつもりなんだ⁉　仮に冒険者達が七体倒したとしよう。単純計算で630万ダル稼げるはずなのに、お主はそれを250万ダルにすると宣言したようなものだぞ！　完全に冒険者達にはデメリットしかないではないか‼」

領主がまくし立てる。

しかし、ギルマスは領主の怒りに燃料を注ぐようなことを言う。

「いえ、あの、その、群れとは五体では？」

「バカもん!! 群れの括りの最小数が四、五体なだけであって、実際に群れに五体しかないわけではないだろうが!!」

領主が怒鳴りつけると、ギルマスもやっとわかったらしい。冷や汗を流して顔面を蒼白にしながら、冒険者達を見回している。

もちろんその場にいた全員から、身も凍るような視線を向けられているが。

とどめを刺すように、領主がギルマスに言う。

「それを言うにこと欠いて協力的ではない？ 当たり前だ！ そんな提示をされては誰もやりたがらないだろう！ 罰則を受けてもそんな低額では死ぬよりは良いからな。皆、罰則を受けるほうを選んでしまう……お主は我がオーゴ領を潰す気か！」

「い、いえ、そのようなことは……街を守るために……」

「実際に街を潰すようなことを、お主は冒険者達に言ってしまったのだ！ もういい！ 私が指揮を執る！ お主の今回の行いは、冒険者ギルド本部に報告するので荷物をまとめてろ！」

領主から最後通牒《さいごつうちょう》を言い渡されたギルマス。

言い訳しようとするギルマスの言葉を、領主はバッサリと切る。それから領主は冒険者達のほうに向き直ると、声を落ち着かせて告げる。

「皆、申し訳なかった。愚かなギルド長に代わり、私が詫びよう。そして、オーガの進行を止めるのを手伝ってほしい！」

俺は、領主に質問をぶつける。

「領主様、確認していいですか？」

「むっ？　ノートか、言ってみよ」

「報酬はどう変わります？　あとパーティとソロのランクは？」

「そうだな、そこの話をせんと話を進められないな。緊急事態なので、Cランク以上のパーティとソロは参加してほしい。ただし、できるだけのバックアップは約束する！　報酬は一体につき50万ダル、何体いてもその分払おう。素材は好きにして良い。補助を行ったパーティ、参加したパーティには一律で30万ダル払う。さらに前線に出て怪我をした場合は、治療費もその間の宿代もこちらが持つ」

その場が静まり返った。

小声でディランに聞くと、本来なら討伐料は一体30万ダルくらいで、素材が60万ダルくらいなので割高とのことだった。

なるほど。なら受けようかな？

そう考え、他の冒険者が名乗りを上げる前に言う。

「領主様。その依頼、俺が受けます」

「やってくれるか」

端から俺に期待してる感じがしてたがな。

領主が尋ねてくる。

「では、ノートよ、他に誰を連れていくのだ？」

「パーティ『海の男』と、サポート要員としてもう一パーティで良いと思ってます」

俺がそう言うと、領主に続いてディランが声をあげる。

「それだけで良いのか？」

「ええ？」

領主もディランもびっくりしているが、周囲の冒険者も唖然としてるな。

俺はコクリと頷くと、少し離れた所にいたマークに声をかける。

「マーク！」

「何だ？」

「ちょっとこっちに」

手招きして呼び寄せ、周りに聞こえないように小声で話す。

「……領主にある程度、俺の情報を流してほしいんだ。ゴブリンキング以下を殲滅したとか、その辺の話をして、領主を信用させてほしい」

「……何とか上手く話してみる」

「……俺は『海の男』を説得するから、領主は頼んだ」

マークはそのまま領主に話しに行った。

俺はディランに話しかける。

「ディラン、俺があなた達を連れていきたいメンバーに選んだのには、わけがあるんだ。ディランは多少俺達の力を見たよな？」

「ああ、あるが……なるほどな。ノート、お前のやろうとしてることは何となくわかった。また派手な魔法を使うんだろ？　だが、討ち漏らしはどうするんだ？」

ディランの懸念通り、俺の魔法は細やかさに欠ける。

だが、それの対策は考えてあるんだ。

「俺達が最前線で戦うが、それなりに離れた場所で、ディラン達には待機していてほしいんだ。それで討ち漏らしに対処してほしい」

「ああ。それならば大丈夫かもな」

そこへ、別の冒険者が疑問を差し挟む。

「だが、少人数で対処できるはずもないだろ！」

「じつは範囲殲滅の大規模魔法を使うつもりなんだよ。だから、逆に周りに人がいると使えないんだ」

もっともらしいことを言っておく。

「そうなのか、そんなすごい魔法、制御できるのか？」

「放出する方向くらいしか無理だな。だが安心してくれ。殲滅と言ったが、素材はある程度綺麗なまま手に入れられると思う」

これに関しては、ちょっとしたアイデアがあるんだ。

ディランが興味津々で聞いてくる。

「どんな魔法を使うつもりなんだよ？」

「おいおい、簡単に手の内を明かせるわけないだろ」

「それもそうだな。だが、その魔法を使えば結構倒せるのか？」

「俺の前に誰も出ないでくれるならな」

「なるほどな。じゃあ、それでいくか！」

マークのほうを見ると向こうも話終えて、こちらに合図をしてくる。

よし、これで準備はできたかな？

◇

さてと、話も詰めたことだしサクッといきますか！

俺と従魔達、冒険者パーティ「海の男」、それに加えてサポートパーティが先行して進んでいる。なお、他のパーティもついてくることになり、俺達の後方約二百メートルを進んできている。そうした一団の最後方には領主が控えていた。

およそ一時間で、前日にオークを発見した場所に着いた。

ライに索敵を頼むと、ものの数分で連絡が来た。予想地点よりだいぶ街に近づいているらしい。

じゃあ、ここで迎え撃つとするとするかな。

魔法を使って、この辺りの見通しを良くしておく。

そんなことをやっていると、ディランから声がかかる。

「ノート、お前、何やってるんだ？」

「そうだった。ディラン……じゃなくていいか。サポートパーティの誰か！　ここで迎え撃つので、後方に連絡をお願いしたい。どうも予想より近づいているようなので、奥に進むよりもここで、迎撃態勢を整える」

ディランが尋ねてくる。

「かなり近いのか？」

「まだ一キロメートル弱は離れている。だが、下手に進んで接敵するより、陣営を整えたほうがやりやすいと考えてるんだ」

「その通りだな。誰か、連絡を頼む」

ディランがそう言うと、サポートパーティの一人が後方に向けて走りだす。すぐに戻ってくるだろうから、陣地を整える。

土魔法で一メートルほどの土壁、その前に二メートルほどの堀を作る。そうした物を半円状に造ったあたりで、斥候が戻ってくる。

「領主様から『わかった。善戦を祈る。オーガとの戦闘はやりやすい方法で構わない。我々はそなたらの後方で陣営を整える』とのことでした」

じゃあ、ライにこちらに誘《おび》き寄せてもらおうかな。

念話でライに指示すると、了解と返ってくる。

一通り準備を済ますと、俺は魔法を放つためのイメージを固め始めた。

ヴォルフにはいつものように周辺の警戒をしてもらいつつ、いつでも前衛で戦えるように備えてもらう。俺の魔法で討ち漏らしがあった際、真っ先に対応してもらいたいからな。

アクアには、俺の肩にいてもらい、近づく個体に攻撃するように言っておく。

そうこうするうちに、物々しい地響きが聞こえてきた。オーガの群れをライが引き寄せたようだな。

ライが帰ってきて俺達と合流する。

接敵間近だ。

俺は、いつでも魔法を放てるように体勢を整える。その直後、俺の視線の先におよそ十体のオーガが姿を現した。

デカいな！

彼我《ひが》の距離はおよそ三十メートル。

すぐに魔法を使用する！

「アノキシア」

オーガ達の動きが緩慢になった。それでも奴らは、俺が土魔法で建てた土壁を乗り越えて近づこうとする。

だが、残り十メートルほどの所で、急にバタバタと倒れていった。

確認すると、酸素欠乏により死んでいた。

アノキシアは、周囲の酸素を奪う範囲魔法なのだ。

ライに確認して残余《ざんよ》がいないか聞くと、索敵した範囲ではいないとのこと、倒したのは全部で十一体だった。討ち漏らしはなしか。

「たぶんこれで終わりましたよ？」

そう言って振り向くと、「海の男」メンバー達は顎《あご》が外れんばかりに口を開いていた。

それを見て、俺は一言。

「顎、痛くないの？」

すると、ディランから鋭いツッコミが！

「そうじゃねえだろ！　何ださっきの魔法は？」

「範囲殲滅魔法を使うと言ってあっただろう？」

「いや、言ってたよ！　言ってたけど、俺らが思ってたのと違うというか」

「アノキシアは俺のオリジナル……と言っていいのかはわからないが、まあ、珍しい魔法なんだよ。効果は、敵の体から酸素を抜くんだ」

ディランは俺の説明を聞いてポカンとしていた。

まあ、酸素とか言ってもこの世界の人にはわからないか。

「……いや、もういい。とりあえず終わったんだな？」

「そうだな。近くには他の魔物もいないようだ」

俺がそう話すと、ディランは大きく息を吐く。

「なら帰るか、もう疲れたから」

帰ると言うなら帰るけど、とりあえずもったいないから、オーガはアイテムカバンに入れる振りをして【アイテムボックス】に入れる。

さて、後詰《ごづ》めに合流して帰ろうかな？

合流したときも、ディランと同じように魔法の説明を求められ、やはりポカンとされてしまったのは、言うまでもないだろう。

◇

冒険者ギルドに戻ってきた。

俺のせいなのかわからないが、微妙な雰囲気だ。領主自ら受付に立ち、討伐に参加したパーティに報酬を支払っている。

何だかいたたまれなくなってきたぞ。領主に少しお詫びしたほうがいいかな？　領主は、冒険者達のために頑張って報酬を見直したんだしな。

そして、俺の番になったので受付に行く。

領主が討伐証明部位を求めたので、解体してないと伝えて解体所に持っていく。

解体所の職員が何とも言えない顔で、討伐証明部位の預り証だけ先にくれた。それを持って再び受付に行き、討伐料をもらう。

ただし、素材は五体分まるまる領主に献上させてもらった。三体分の素材は売り払い、残りは俺がもらったけどな。

領主は、少し嬉しそうにしていたな。

というか、ニヤッとしそうになる顔を頑張って真顔にしていた。

その後、領主との話し合い、ポーションや魔道具の売買まで済ませた。領主としてはこっちの話をしに、冒険者ギルドに来たはずだったんだよな。いつの間にかオーガ討伐を指揮することになっていたが。

コテージに戻ってくる。

懐も温かくなったから、明日は市場の続きを見て回ろう。その後、時間があれば、前々から考えていた移動系魔法を練習しようかな。

市場も楽しみだし、魔法の習得も楽しみだ。

いろいろ便利になりそうな魔法を作るぞ。

そう気合いを入れながら、夕食の準備を進めることにした。

さて、何にしようかなー。

【アイテムボックス】の中に肉があることを思い出して、ふと閃《ひらめ》いた！

ぼたん鍋にしよう！

ボアの肉まだたくさんあるしな。

そうと決まったら、足りない材料は、【タブレット】で買い足すかな。

葉物としては春菊、白菜が入っても良いかな。根菜は人参とエモイモ。キノコ類は舞茸かシメジ、椎茸が良いだろう。あとはコンニャク、豆腐とボア肉を一緒に煮て食べるのが俺んち流。味付けは地方によって異なるらしいが、昆布とカツオ節で取った出汁《だし》に味噌を入れるのが俺んち流だ。

ちなみに、地域によってはこれに麩《ふ》を入れたり、味噌じゃなく醤油ベースの所もあるらしい。それも美味そうだから今度試してみたいな。

あとは、シメをどうするかだよなー。

うどんにするか雑炊にするか。シメがあるから、汁を飲みすぎないように注意もしなくちゃな。

うーん、両方用意しとくか！

困ったときは両方用意するのが、俺の食のルール！

そう思案しながら、食事を作る手は止まらない。

本当にスキルがありがたすぎる！

そこまで料理は得意じゃないのに、スキルの恩恵で一流料理人並みに……いやそれ以上に手際良く作れるもんなー。

そんなわけで、夕食の準備が終わった。

「おーい、飯ができたぞー！」

声をかけてすぐに来たのは、ライとアクアだな。コイツらはいつも食に貪欲だから気にしないが、次に来たのがマークだったのには驚いた。

その後、マナ、ヴォルフだった。

「マークが従魔達より早くに来るなんて珍しいな？」

そう声をかけると、少し恥ずかしかったのか、顔を赤くした。

「いや、すまないな。すごく美味そうな匂いだったのでな」

「謝る必要はないが、言いたいことはわかるな！　この料理に使ってる調味料は、何かホッとするような、腹の減るような匂いがするからな」

「うむ、確かにそんなふうに感じる、何とも言えない魅力というか、惹きつけられる何かがあるな」

「まあ、冷める前に食おうか？　あ、そうだ。汁は飲むなよ？　ヴォルフ、ライ、アクアもな？　足りないようなら、このあとに汁を使えば他にも出せるからな。あと、熱いから気をつけろよ？」

俺がそう注意すると、従魔達全員から返事が来る。

『わかった』

『わかったわ～』

『わかりました』

『わかったの～』

四者四様の返事を受け、さっそく食べ始める。

やはり鍋は良いなとゆっくり食っていると、マークも含めた他の奴らは、物すごくがっついていた……熱くないのか？

まあ、美味そうに食ってくれてるから気にしないでおこう。

一通り鍋を楽しんだあと、シメのうどんと雑炊を半々に作って、それも食べきって満足感に浸る。

アクアは眠くなったのだろう、ぐにゃりと潰れてぺちゃんこになっていた。ライも食べすぎたのか、木のコートかけには行かず、テーブルの上でうとうとと座り込んでいた。

こういうのを見ると、突っつきたくなってくるが我慢して……

いや、突っつこう。

通常時にアクアを突っつくとプルプル震えて楽しいのだけど、今のアクアはプルプル感が少ないな。

ライを突っつくと苦情の念話が入ったので、それ以上はやめておく。

そんな感じで夜も更けたので就寝した。

◇

夜が明けたらしく、目を覚ます。

珍しく俺が一番最後に起きたようで、朝食をせがまれた。マーク含めた全員分を作り、ささっと食事を終わらせる。

前回進んだ場所から市場の残りを見に行くと告げ、マークに鍵を渡して出かける。

さて、この先はどんな海鮮が待っているのかな？

期待に胸を膨らませつつ、前回進んだ場所まで移動する。

途中、例の姉妹が店番をしていた。露天の半分くらいに大きな生け簀《いす》を置き、あとの残りは燻製やら干物やらを置いている。

いい感じなんだが、客は訪れていないな。

そこで俺は、たまたま通りかかったディランに声をかける。干物を少し食べさせると随分気に入った様子だった。

それが功を奏したようで、顔の広いディランが通りをいく人にすすめてくれる。冒険者用の携行食としてすすめてくれると思っていたんだが、酒の肴《さかな》にぴったりとか言ってるな。

とはいえ、それでチラホラ買い物客の姿が見えるようになった。

これなら大丈夫だろうと、俺は安心して先に進む。

ある程度は前回見たときにチェックしていたが、その日に獲れた新しい魚介もあるのでゆっくり見て回る。

この日訪れた最初の店では、地球で言うタラに当たるメルルッツォという魚があった。さっそく俺はあるだけすべて購入。白子が楽しみだな〜。

次の店ではなんと、黒のダイヤと言われているアトゥーンがデンッと何匹も置かれていた！

これはマグロだ。

もちろん、丸のままあるだけ購入！

食べるならネギマが良いかな？　それとも刺身とか？　カルパッチョ？　マグロステーキ？

ユッケ？　唐揚げ？　竜田揚げとか？

うーん楽しみだな！

あれもこれもと夢が広がる。

まだまだ買い物を続けよう！

勇者召喚に巻き込まれて異世界転移した元サラリーマンの相良真一（シン）。彼が転移した先は異世界人の優れた能力を搾取するトンデモ国家だった。危険を感じたシンは早々に国外脱出を敢行し、他国の山村でスローライフをスタートする。そんなある日。彼は領主屋敷の離れに幽閉されている貴人と知り合う。これが頭がお花畑の困った王子様で、何故か懐かれてしまったシンはさあ大変。駄犬王子のお世話に奔走する羽目に!?

●ISBN 978-4-434-28668-1 ●定価：本体1200円＋税 ●Illustration：万冬しま

貴族の三男坊の僕、クロウは優秀なスキルを手にした兄様たちと違って、錬金術というこの世界で不遇とされるスキルを授かることになった。それで周囲をひどく落胆させ、辺境に飛ばされることになったんだけど……現代日本で生きていたという前世の記憶を取り戻した僕は気づいていた。錬金術がとんでもない可能性を秘めていることに！　そんな秘密を胸の内に隠しつつ、僕は錬金術を駆使して、土壁を造ったり、魔物を手懐けたり、無敵のゴーレムを錬成したりして、数々の奇跡を起こしていく！

◉定価：本体1200円＋税　◉ISBN 978-4-434-28659-9

◉Illustration：ぐりーんたぬき

●ISBN 978-4-434-28658-2　●定価：本体1200円＋税　●Illustration：ふらすこ

◉定価：本体1200円+税　◉ISBN 978-4-434-28657-5

◉Illustration：カラスロ

ある日突然、異世界転移に巻き込まれたフリーライターのゴウ。その上彼が飛ばされたのは、よりにもよって迷宮の最深部――ラスボスである古代竜の目の前だった。瞬殺される……と思いきや、長年囚われの身である竜は「我を倒せ」と言い、あらゆる手段を講じてゴウを鍛え始める。一年の時を経て、超人的な力を得たゴウは竜を撃破し、迷宮を完全攻略する。するとこの世界の管理者を名乗る存在が現れ、望みを一つだけ叶えるという。しかし、元いた世界には帰れないらしい。そこでゴウは、友人同然となっていた竜を復活させ、ともに地上を巡ることにする。迷宮での味気ない食生活から解放された今、追求すべきは美食と美酒!?
異世界グルメ探訪ファンタジー、ここに開幕!

●定価：本体1200円＋税　●ISBN：978-4-434-28661-2　●Illustration：匈歌ハトリ

この作品に対する皆様のご意見・ご感想をお待ちしております。

おハガキ・お手紙は以下の宛先にお送りください。

【宛先】

〒150-6008 東京都渋谷区恵比寿 4-20-3 恵比寿ｶﾞｰﾃﾞﾝﾌﾟﾚｲｽﾀﾜｰ 8F
（株）アルファポリス　書籍感想係

メールフォームでのご意見・ご感想は右のＱＲコードから、
あるいは以下のワードで検索をかけてください。

アルファポリス　書籍の感想　検索

ご感想はこちらから

本書はWebサイト「アルファポリス」（https://www.alphapolis.co.jp/）に投稿されたものを、改題、改稿、加筆のうえ、書籍化したものです。

四十路《よそじ》のおっさん、神様《かみさま》からチート能力《スキル》を９個《こ》もらう２

霧兎（きりと）

2021年 3月31日初版発行

編集－芦田尚
編集長－太田鉄平
発行者－梶本雄介
発行所－株式会社アルファポリス
〒150-6008 東京都渋谷区恵比寿4-20-3 恵比寿ｶﾞｰﾃﾞﾝﾌﾟﾚｲｽﾀﾜｰ8F
TEL 03-6277-1601（営業）　03-6277-1602（編集）
URL https://www.alphapolis.co.jp/
発売元－株式会社星雲社（共同出版社・流通責任出版社）
〒112-0005東京都文京区水道1-3-30
TEL 03-3868-3275
装丁・本文イラスト－蓮禾
装丁デザイン－AFTERGLOW
印刷－株式会社暁印刷

価格はカバーに表示されてあります。

落丁乱丁の場合はアルファポリスまでご連絡ください。

送料は小社負担でお取り替えします。


ISBN978-4-434-28664-3　C0093